KB078145

레전드급 낙오자 2

홍성은 장편소설

초판 1쇄 찍은 날 § 2020년 2월 12일
초판 1쇄 펴낸 날 § 2020년 2월 19일

지은이 § 홍성은
펴낸이 § 서경석

총괄팀장 § 노종아
편집책임 § 강민구
디자인 § 소소연

펴낸곳 § 도서출판 청어람
등록번호 § 제387-1999-000006호
등록일자 § 1999. 5. 31
어람번호 § 제1-3085호

주소 § 경기도 부천시 부일로 483번길 40 서경B/D 3F (우) 14640
전화 § 032-656-4452 팩스 § 032-656-4453
http://www.chungeoram.com
E-mail § chungeorambook@daum.net

ISBN 979-11-04-92133-9 04810
ISBN 979-11-04-92131-5 (세트)

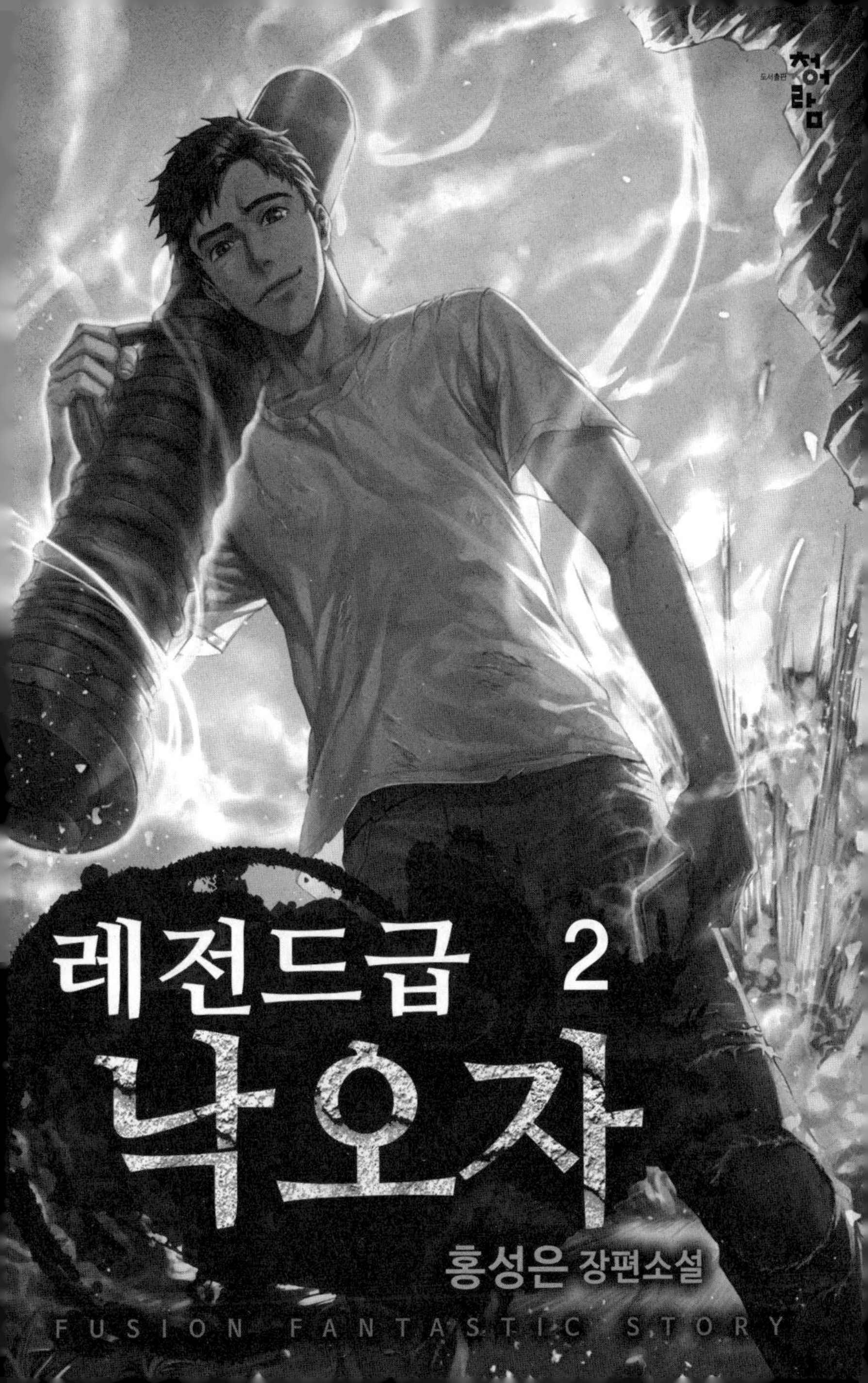
도서출판 청어람
레전드급 2
낙오자
홍성은 장편소설
FUSION FANTASTIC STORY

레전드급
낙오자

목차

Chapter 1

"어……."

나는 잠깐 망설였다. 10%? 5강 성공 확률이 왜 이렇게 낮아?

하긴 이미 한계를 넘겼고 말하자면 일종의 초월 강화를 하는 셈인데 확률이 10%라면 별로 낮지 않은 걸지도 모르겠지만, 도전하는 내 입장에선 생각이 달라질 수밖에 없다.

성공 확률이 10%라는 건 실패 확률이 90%라는 소리다. 어지간히 운이 좋지 않은 한, 거의 실패한다고 봐도 무방했다.

이 확률에 도전해도 되는 걸까? 그냥 강화권만 날리는 거 아닐까?

"큭……!"

나는 이를 한 번 꽉 깨물었다. 도박을 하는 취미 따위는 없다. 특히나 불리한 도박이라면 더더욱 그렇다. 이런 걸 지를리가…….

"못 먹어도 GO!"

있다!

―강화에 성공하셨습니다.

[흡수/방출]+5

―등급: 희귀(Rare)

―숙련도: B랭크

―효과: 적의 에너지 공격을 흡수한다. 흡수한 에너지는 원하는 방향으로 방출할 수 있다.

―[흡수/방출]+5 세부 효과

본스킬의 등급보다 높은 등급의 스킬에도 영향을 미칠 수 있게 된다.

"그렇지! 좋았어!"

행운 수치는 거짓말을 하지 않았다. 현재 내 행운 수치는 50. 평범한 인간의 10배에 달하는 수치다. 성공 확률이 10%? 그럼 나한테는 100%란 소리다!

궤변이지만 말이다!! 게다가……

"…천자총통을 방금 전에 뽑아서 좀 쫄긴 했지만……"

성공했으니 됐다.

역시 행운 총량의 법칙은 미신이었어. 그런 징크스 따월 믿을 내가 아니다. 방금 전까진 꽤나 진지하게 믿었던 것 같지만 결과는 나왔다. 그럼 안 믿어도 되지.

화장실 들어갈 때와 나올 때가 다르다는 속담이 갑자기 생각났지만, 분명 나랑 아무 상관 없는 속담이다.

…여하튼!

+5강에 성공하면서 세부 옵션이 새로 붙어, 희귀 등급 이상의 스킬도 흡수/방출할 수 있게 되었다. 꽤 괜찮은 옵션이다. 스킬 숙련도가 아직 B랭크라서 그렇지, 더 수련치를 쌓아서 랭크 업 하면 더 좋은 옵션으로 진화할 가능성도 있을 테고. 이 정도면 만족스럽다.

강화권도 전부 소모했겠다, 이제 남은 건 대망의 슈퍼 레어 스킬 선택권뿐이다.

나는 침을 꿀꺽 삼켰다.

지금 내가 지닌 유일한 슈퍼 레어 스킬은 [초절강타]였다. 그리고 그 위력은 실로 만족스러웠다. 그 교단의 인퀴지터마저도 단 한 방에 온몸을 산산조각 내버릴 수 있는 위력을 발휘했으니. 물론 S랭크를 찍고 4강을 한 후 능력치 부스팅을 한 덕도 많이 봤지만……

그간 계속 생각해 왔었다.

이 정도급의 스킬을 또 하나 구할 수 있다면 얼마나 좋을까?

중요 연맹원의 자리에 올라섰음에도, 슈퍼 레어 스킬을 돈 주고 살 수는 없었다. 설령 산다고 해도 최소한 금화 1만 개는 필요할 거란 링링의 말에 얼마나 좌절했던가.

반대로 지금에 와선 링링에게 감사하는 마음도 생겼다. 스타터 세트를 사지 않고 그냥 넘어갔으면 초절강타조차 얻지 못했을 테니까 말이다. 슈퍼 레어 스킬은 얻을 수 있는 확률이 1%라도 99%의 실패 확률을 감수하고 도전할 가치가 있었다.

그런데 그 슈퍼 레어 스킬을 100% 확률로, 그것도 원하는 걸 골라서 얻을 수 있는 교환권이라니.

전공 보상이 너무 좋다. 탐난다! 또 받고 싶다!

"앞으론 인퀴지터를 찾아다녀야겠어."

미친 소리가 혼잣말로 새어 나왔지만, 나는 그 미친 소리를 다시 주워 담으려고 굳이 노력하지 않았다. 왜냐하면 이 교환권은 죽을 위험을 감수하고 인퀴지터에게 도전할 만한 가치가 있는 물건이니까 말이다.

물론 지금 당장은 인퀴지터와 만나면 그대로 죽을 가능성이 너무도 높았으니 나중 이야기가 되겠지만. 더 강해지고 더 성장한 후에 나는 적극적으로 인퀴지터를 찾아다니게 되겠지. 그게 언제가 될지는 모르겠지만, 한시라도 빨리 왔으면 좋겠다.

뭐, 잡생각은 여기까지다. 이제 교환권을 써봐야지. 나는 인벤토리를 열었다. 반짝이는 교환권의 모습이 눈부시기까지 하다.

"후욱."

나는 배에 힘을 빡 주고, 교환권을 사용했다.

*　　　*　　　*

슈퍼 레어 스킬을 고르는 작업은 단지 그것만으로도 내게 매우 유익했다.

나열된 슈퍼 레어 스킬들의 목록을 살펴보는 것만으로도 내겐 아주 큰 도움이 된다. 어떤 강력한 스킬들이 존재하는지, 그리고 그 스킬들이 어떤 위력을 발휘하는지만 알아도 앞으로의 성장 방향을 잡는 데 힌트가 되기 때문이다.

더불어 만약 적이 이런 스킬을 들고 오면 어떻게 대응할지에 대한 시뮬레이션도 가능하니, 정말 영양가가 높은 정보다.

물론 인류연맹이 보유하고 또 내게 줄 수 있는 스킬들만이 표시되긴 했지만 이게 어딘가. 그래도 수백 개다. 제대로 살펴보는 데만도 한참 걸렸다.

그것도 이것으로 끝. 선택의 때가 찾아왔다. 내가 선택한 스킬은 바로 이것이었다.

[번개 질주]
—등급: 매우 희귀(Super Rare)
—숙련도: 연습 랭크
—효과: 짧은 거리를 순식간에 이동한다.

다른 스킬을 고르고 싶은 마음은 굴뚝같지만, 내게 지금 당장 필요한 건 위험할 때 그 자리를 즉시 이탈할 수 있는 능력이다. 하늘을 날아다니는 인퀴지터로부터 몸을 피할 수단 말이다. 그리고 이 번개 질주라는 스킬은 내 필요에 딱 맞는 효과를 제공해 준다.

비록 유효 거리가 짧긴 하지만 눈으로 쫓을 수 없을 정도로 빠르게 이동이 가능하며 대량의 체력을 소모하기는 하지만 지속 시간을 늘릴 수도 있고, S랭크 질주와 마찬가지로 공기저항을 무시하며 추가로 관성도 무시할 수 있어 방향 전환이 자유롭다.

슈퍼 레어 스킬다운 말도 안 되는 성능이다.

그런데 여기에 추가로 S랭크 보너스를 붙이면 어떤 일이 일어날까?

그리고 그건 지금 당장이라도 가능한 일이다. 내가 기존에 지닌 스킬인 질주를 합성시키면 번개 질주도 바로 S랭크로 만들 수 있으니.

내가 스킬창에 새로 들어온 [번개 질주]를 흐뭇하게 바라보며 어떻게 쓸지 상상하고 있을 때였다.

갑자기 시스템 메시지가 나타나 시야를 가리며 내 상념을 방해했다.

―동일 계열 스킬을 3개 이상 소유하고 있습니다.

―[질주], [도약], [번개 질주]

―스킬 융합이 가능합니다. 융합하시겠습니까?

[주의!] 융합에 사용한 스킬은 다시 얻을 수 없습니다.

"응? 뭐야?"

그런데 시스템이 출력한 텍스트는 내가 생각한 것과는 조금 달랐다.

"합성이 아니라 융합이라고?"

[스킬 융합]

―동일 계열의 스킬 3개를 융합하여 [융합 스킬]을 얻을 수 있습니다.

―융합 스킬은 일반적으로 융합 소재가 된 스킬들의 특성을 모두 가지게 됩니다.

─낮은 확률로 기존의 특성이 새로운 특성으로 변화할 수 있습니다.

─희박한 확률로 완전히 새로운 특성이 추가될 수 있습니다.

─숙련도는 더 높은 숙련도인 쪽을 따라갑니다.

─강화 단계 또한 더 높은 쪽을 따라갑니다.

"허……."

설명을 읽고 나니 헛웃음이 절로 나왔다.

"이거 완전 운빨이네."

하지만 나쁘지 않다. 마침 나는 행운을 50까지 올린 참이었으니.

"그럼 융합을……. 하기 전에. 링링!"

나는 레벨 업 마스터를 꺼내 내 전담 레벨 업 코디네이터의 이름을 불렀다.

휴대폰 모양의 디스플레이에 링링의 모습이 뿅 하고 나타났다.

─네! 고객님!! 아니, 연맹의 영웅님!!

"소문이 빠르군."

─그야 그렇죠. 훈장을 아무나 받을 수 있는 건 아니니까요. 그것도 영웅 훈장인걸요? 사람들이 오래간만에 나타난 영웅의 정체를 얼마나 궁금해하는지 몰라요. 제가 그 영웅님의 전담 코디네이터란 걸 알게 되면 다들 어떤 표정을 지을지! 생

각만 해도 너무 짜릿해요!!

"그러냐……."

링링이 이렇게 말이 많은지 처음 알았다. 아니, 알고 있긴 했지만 이렇게까지 말이 많을 수 있을 줄은 몰랐다.

―뭐, 영웅님의 개인 정보는 여전히 보호받으니 다른 데서 떠들지는 못하지만요. 전승식을 치르셨어야 했는데! 너무 아쉽네요.

정말 안타깝다는 듯 툴툴거리던 링링의 표정은 다시 곧 확 밝아졌다.

―하지만 보세요! 이 새 상점의 모습을! 모든 게 다 반짝거리는 것 같아요!!

링링의 말대로 상점의 모습은 또 한 번 변모했다. 처음 봤을 때는 구멍가게 같았는데, 이제는 조명도 **빵빵**하게 들어오고 바닥도 대리석으로 쫙 깔린 데다 깨끗하게 청소되어 링링의 말대로 반짝반짝 빛나고 있었다.

"그래, 축하해."

―축하는 제가 드려야죠! 아니, 감사를 드리는 게 맞겠군요! 정말 감사합니다. 아이고, 감사합니다. 에헤헤헤헤.

링링은 바보처럼 웃었다.

"그런데 링링, 장사는 안 해?"

그냥 놔두면 하루 종일 떠들 기세라, 나는 적당히 잘라낼 필요를 느꼈다.

―당연히 하죠! 무엇을 찾으시나요? 영웅님?

링링의 태도는 싹싹했다. 처음 상점을 열었을 때보다 열 배 정도 싹싹했다.

―아, 그렇지. 정식으로 훈장을 받으신 시점부터 상점의 모든 상품이 20% 할인돼요! 차액은 연맹에서 지원해 주니 제 걱정은 마시고 필요한 건 뭐든 말씀해 주세요!

생글생글 웃던 링링은 뒤늦게 생각났다는 듯 서둘러 이렇게 덧붙였다.

"그건 반가운 소리군."

나로서도 마침 필요한 게 있어서 상점을 연 거니, 정말 반가운 소리였다.

"[질주] 스킬 북이 필요해."

―한 권에 금화 100개예요! 할인해서 80개가 되네요!

"다섯 권."

―마침 재고가 딱 다섯 권 남았네요! 금화 400개네요!

"딜."

―인벤토리를 확인해 주세요!

내가 거래를 일사천리로 마치고 상점창을 닫으려니, 링링은 서둘러서 외쳤다.

―언제든지 다시 찾아주세요! 이 링링은 영웅님의 방문을 언제든 손꼽아 기다릴 테니까요!

솔직히 말해 링링의 태도는 너무 속물적이었지만 그게 그다지 기분 나쁘지는 않았다.

"흐흐, 그러지."

나는 레벨 업 마스터를 다시 인벤토리에 밀어 넣었다. 그리고 바로 [질주] 스킬을 강화했다. +1……. +4. 그리고 나는 또다시 5강의 벽 앞에 서게 되었다. 자, 10%. 간다!

"강화!"

―강화에 성공했습니다.

"으, 으음?"

진짜로 행운이 50이라 10% 확률이 100%가 된 건가? 사실 실패할 줄 알았는데. 지난번엔 성공했으니 실패할 때도 됐다 싶었는데.

이렇게 되면 바로 융합하기가 좀 무서운데.

"링링!"

나는 바로 또다시 링링을 불러 상점에서 [응급치료] 스킬 북 다섯 권을 샀다. 그리고 바로 강화를 시작했다. +4강까지는 실패 없이 클리어했고, 마지막 5강을 앞뒀다.

"강화!"

―강화에 실패했습니다.

"됐다, 됐어!"

뭐가 됐다는 건진 잘 모르겠지만, 원래 징크스란 게 이렇다. 별로 논리적이지도 않고 이성적이지도 않지만, 뭐 어떤가.

─스킬 융합에는 스킬 포인트 39가 필요합니다.
─스킬 융합을 승인하시겠습니까?

융합은 합성보다 스킬 포인트가 더 많이 드는군. 뭐, 별로 심각하게 생각할 일은 아니다. 그만큼 더 효율적이란 소릴 테니. 나는 여전히 999+인 스킬 포인트 잔액을 흘깃 보곤 쩌렁쩌렁한 목소리로 외쳤다.

"승인!"

─스킬 융합을 실행합니다..

＊　　　＊　　　＊

[섬전 신속(Lightning Flash)]+5
─등급: 유일(Unique)
─숙련도: S+랭크
─효과: 짧은 거리를 찰나간에 이동한다.

융합의 결과물로 유일급 스킬이 나와 버렸다. 심지어 랭크도 S랭크 스킬을 2개 융합시켜서 그런지 S+로 책정되었다. 아무리 수련치를 꽉 채워도 S+랭크에 도달할 수 없었던 걸 생각하면 정말 파격적인 결과다.

아니, 아무리 등급이 높고 숙련도 랭크가 높아도 허당일 가능성은 존재하지. 세부 효과를 열어보지 않는 한, 이게 정말 좋다고 미리 확신하는 건 금물이다.

나는 두근거리는 심장을 가라앉히려 노력하면서 [섬전 신속]의 세부 효과를 열람했다.

[섬전 신속] S+/+5 세부 효과
　―[공기저항 무시]: 공기저항을 무시하고 이동 가능
　―[관성 무시]: 관성을 무시하고 이동 가능
　―[이중 도약]: 이동 도중, 한 번에 한해 원하는 방향으로 도약 가능
　―[재사용 대기 시간 초기화]: 한 번에 한해 100% 확률로 재사용 대기 시간이 초기화된다. 연속적으로 초기화될 확률이 있다. 연속해서 사용할수록 초기화 확률이 낮아진다.
　―[관통]: 섬전 신속으로 이동 중 목표를 관통했을 시, 목표에게 타격을 주고 해당 공격에 민첩 보너스 1,000% 위력을 더한다.
　―[깜박임]: 섬전 신속 사용 중 찰나 동안 [깜박임] 효과를 얻는다.

"히익!"

이게 다 몇 개야? 한눈에는 못 셀 정도다. 아니, 사실 바로 셌지만 못 센 척했다.

세상에, 옵션이 여섯 개라니! 처음 봤다! 이게 유일급 스킬의 진면목인 건가? 아마 아니겠지. 이것도 S+랭크와 +5강 덕이다. 원래대로라면 3개 정도 붙고 말았을 터였다.

"지금 나, 운 좋구나."

나는 뒤늦게 행운 50의 위력을 자각했다. 0.1%의 전설급 유물에 당첨된 거야 요행으로 칠 수 있지만, 이렇게 연타석홈런을 치고 난 뒤에도 요행이니 어쩌니 하는 건 스스로를 기만하는 거나 다름없다.

"하하……."

헛웃음이 나온다. 너무 좋아서. 스킬의 옵션들을 다 읽고 숙지하는 것만으로도 배가 부를 지경이었다. 그야말로 배부른 고민이지. 어쨌든 숙지는 해야 된다. 이렇게 좋은 스킬을 뽑아놓고도 성능을 제대로 이끌어내지 못해서 죽어버리면 그것만큼 억울한 것도 없을 테니.

"자, 보자!"

기존의 번개 질주가 갖고 있던 공기저항 무시, 관성 무시 특성이 모조리 붙은 건 물론, 도약의 S랭크 보너스였던 이중 도약이 적용되어 허공에서 마음대로 방향을 틀 수도 있다. 이건 융합이 지닌 '일반적으로 얻을 수 있는 결과'였다.

그런데 여기에 낮은 확률로 얻는 특성 변화도 적용되었다. 변화한 것은 번개 질주의 특성과 겹쳤던 질주의 S랭크 보너스 특성이었다. 확률적으로 재사용 대기 시간이 초기화되는 것으로, 처음 한 번은 100% 확률로 적용된다.

희박한 확률로 얻는 새로운 특성도 생겼다. [관통]이 바로 그것인데, 섬전 신속 중에 적을 꿰뚫고 지나가면 민첩 기반 대미지를 덧붙여 주는 특성이었다. 5강을 해서 그런지 배율이 1,000%나 됐다. 물론 10,000%인 초절강타에 비하면 낮지만 애초에 섬전 신속은 이동 기술이지 공격 기술이 아니니 만족할 만했다.

S+랭크 보너스가 따로 붙었는데, 사용 중 [깜박임(Blink)]의 효과를 얻는 것이 바로 그것이었다. [깜박임]도 슈퍼 레어 스킬인데, 매우 짧은 시간 동안 차원의 틈새 속에 몸을 숨겨 완전한 안전을 확보할 수 있다.

마지막까지 번개 질주와 깜박임 사이에서 고민하다 더 멀리 도망치는 게 낫다는 판단으로 번개 질주를 골랐는데, 결과적으로는 일거양득을 하고 말았다.

"어쩌다 보니 궁극기가 생겼네."

애초에 번개 질주 자체는 위험할 때 도망치려고 고른 스킬이었는데, 융합으로 새로 얻게 된 섬전 신속은 기습 및 선제공격에도 용이한 그야말로 유니크급 스킬로 부족함이 없는 스펙으로 완성되었다.

융합 직전에 응급치료 5강을 실패한 보람이 있다고 해야 하나? 미신이긴 하지만, 믿을 만한 미신인 것 같다. 이렇게 또 한번 손바닥을 뒤집게 되는군. 괜찮다, 나 손바닥 뒤집는 거 좋아하니까.

어쨌든……

"올리길 잘했다, 행운."

결론은 이거였다. 과연 행운을 따로 올리지 않고 그냥 질렀으면 이런 결과가 나왔을까? 멋모르고 그냥 다녔을 때라면 모를까, 내 원래 행운이 2라는 걸 알게 된 지금은 단호하게 고개를 저을 수 있었다.

나는 좀 더 링링에게 감사해야겠다고 생각했다. 그녀가 내게 두 번째로 추천해 준 상품이 행운 능력치였으니 말이다.

"직접 말로 표현할 일은 없을지도 모르지만, 고맙다. 링링."

그렇게 나는 혼자 조용히 링링에게 고마워했다. 물론 그녀는 내가 감사를 표했는지도 모르겠지만 말이다.

*　　　*　　　*

이진혁이 혼자서 한창 스킬 강화에 몰두하고 있을 무렵, 그가 들어가 있는 동굴 주변의 설원에 사람 그림자가 여럿 모여들었다.

그들의 모습은 단 한 마디로 표현하자면, 하얗다. 옷과 장구류를 모두 흰 것으로 착용한 건 그들의 선택이지만, 피부와 머리칼, 다른 체모까지도 온통 하얀 것은 그들의 선택인 것은 아니리라. 그러나 눈동자만은 검어 매우 인상적인 분위기를 자아냈다.

그들은 설원 엘프라 불리는 이들이었다. 사실 '진짜' 엘프들과는 아무런 혈연관계가 없지만, 키가 크고 마른 체격에 외모가 아름답고 마법에 능하다는 점 때문에 다른 종족들은 그들을 설원 엘프로 취급했고, 그들도 그런 호칭을 그냥 받아들였기에 어느새 그대로 굳어져 버렸다.

가벼운 몸놀림으로 눈 위에 발자국조차 남기지 않은 채 사뿐사뿐 이진혁이 있는 동굴 쪽으로 접근한 설원 엘프들은 부자연스럽게 눈이 파헤쳐진 자리를 찾아 접근했다.

말할 것도 없이, 그 자리란 이진혁이 60mm 마법포를 방열하고 쏴대던 자리였다. 마법포가 발사되면서 눈이 흩날렸기에 그런 흔적이 남아 있었던 것이다. 눈이 계속 내려 흔적이 계속 지워지고 있었지만, 설원 엘프들은 귀신같이 그 자리를 찾아냈다.

설원 엘프들은 이진혁이 쏴댄 포의 굉음을 듣고 놀라 나타난 거였다. 그리고 그 포탄의 궤적을 따라 여기까지 왔다. 그들의 마법에 대한 민감성은 포탄의 궤적조차 파악해 낼 수 있었기에 가능한 일이었다.

설원 엘프 중 하나가 나서서 이진혁이 60mm 마법포를 방열했던 자리를 손으로 슬슬 훑었다. 눈이 또 내려 방열했던 자국은 다 지워져 있었지만, 그는 확신한 듯 고개를 끄덕였다.

"틀림없군. 마력의 움직임이 느껴져."

"그렇다니까요. 제가 맞았죠!"

가볍게 흥분한 목소리로, 그들 중 가장 젊은 축에 속해 보이는 설원 엘프가 말했다.

"마법사예요. 전설의 마법사! 예언자가 말했던, 우리를 구원해 줄 그 마법사 말이에요!!"

"그 노친네는 사기꾼이야. 말은 잘해서 듣다 보면 홀리는데, 뒤돌아서 잘 생각해 보면 그 말 중에 하나라도 맞는 게 없었다고."

다른 설원 엘프가 듣다 듣다 참지 못하겠다는 듯 끼어들었다.

"아니……!"

그에 젊은 설원 엘프가 발끈해서 뭐라고 반론하려고 하자, 리더처럼 보이는 설원 엘프가 손을 내밀어 제지했다.

"그만. 그 점쟁이 말을 믿는 건 아니지만, 이 아이가 마법의 흔적을 찾아낸 건 사실이다. 그리고 식인 거미들이 어젯밤에는 사냥하러 나오지 않았어."

젊은 설원 엘프는 리더의 말에 실실 웃으며 자신의 말에 반론한 설원 엘프에게 시선을 주었다. 그 설원 엘프는 입술을

꾹 다물었다. 어쨌든 이게 젊은 설원 엘프의 공적임은 인정하
는 까닭이었다.

"무장해라."

리더가 그렇게 명령하자 순식간에 분위기가 싸늘해졌다. 리
더의 명령에 대항하기 때문이 아니다. 긴장감, 공포심, 그리고
결의가 그들을 그렇게 만들었다. 아까까지 웃던 젊은 설원 엘
프도 바로 표정을 굳혔다.

"…오늘 우리는 목숨을 버려서라도 이 통로를 뚫어야 한다.
다들 각오는 되어 있겠지?"

대답은 돌아오지 않았다. 대신 결연한 시선이 모일 뿐이었
다.

평소라면 결코 실행하지 않을 작전이다. 성공 가능성이 0%에
수렴하는데 귀한 목숨을 칩이라도 되는 양 써버릴 수야 없으니
까.

그런데 오늘, 젊은 설원 엘프가 이 통로를 통해 마법사가 빠
져나왔다고 보고했고, 실제로 마력이 사용된 흔적도 발견되었
다. 그리고 식인 거미도 오늘따라 사냥을 나오지 않았다.

그 정체 모를 마법사와 식인 거미 사이에 무슨 일이 벌어졌
음은 확실했다.

긍정적으로 생각하면 마법사가 식인 거미들을 섬멸하고 통
로를 빠져나왔을 수도 있지만, 어쩌면 그 마법사가 식인 거미
를 풀어놓은 장본인일 수도 있다.

젊은 설원 엘프는 전자라고 굳게 믿어 의심치 않았지만, 다른 설원 엘프들의 입장은 달랐다. 그들은 오랫동안 절망 속에서 살아왔고, 그 절망은 그들을 보수적으로 판단하게 만들었다. 그래서 다른 설원 엘프들은 후자라고 판단하고 있었다.

그럼에도 불구하고, 그들은 동굴에의 진입을 결심했다.

이 설원 엘프 결사대 다섯 명의 힘을 모두 합쳐봐야 식인 거미 한 마리를 상대하기도 힘들다. 즉, 식인 거미가 단 한 마리라도 동굴 안에 존재한다면 그들 중 누군가는 죽게 되리라.

그러나 성공할 가능성이 조금이라도 존재하는 한, 설원 엘프들은 거기 걸어야 했다.

식량은 이미 떨어졌고, 물도 그렇다. 허기와 갈증을 참다못해 눈을 녹여 먹은 이들이 병에 걸려 줄줄이 죽어나가고 있었다.

살아남기 위해서는 이 죽음의 설산으로부터 빠져나가야 했다.

그것이 결사대가 목숨을 걸고 이 동굴에 진입하기로 마음을 정한 이유였다.

그나마 생존 확률이 높은 강인한 결사대가 탐색을 마치고 길을 뚫으면 마을에 남은 다른 설원 엘프들을 데려와 이 지역을 빠져나가는 것이 그들의 계획이었다.

"자, 가자."

설원 엘프들은 왼손에는 단검, 오른손에는 짧은 검을 들고 동굴 안으로 들어섰다. 동굴 안은 칠흑 같은 어둠이 내려앉아 있었으나 그들은 조명을 준비하지 않았다. 설원 엘프들은 어둠 속을 바라보는 데 어려움을 겪지 않는다.

발소리는 물론 숨소리까지 죽인 채 다섯의 설원 엘프 전사가 동굴 안을 나아갔다. 긴장을 끌어 올린 상태로 첫 번째 코너를 돌고, 두 번째 코너까지 돌았을 때였다.

"어?"

가장 선두에 선 설원 엘프가 갑자기 목소릴 냈다. 다른 설원 엘프들은 그 설원 엘프의 갑작스런 행동에 기겁했다. 실수를 저질러 버린 설원 엘프도 뒤늦게 스스로의 입을 틀어막았지만 이미 늦었다.

"누구냐?"

동굴 안쪽에서 목소리가 들렸다. 다행히 그 목소리는 그렇게까지 적대적으로 들리지는 않았다. 함정일지도 모르지만······.

모두가 다 리더를 보았다. 리더는 결단해야 했다.

잠깐 고민하던 그는 손에 든 단검과 단도를 두 자루 모두 다른 이들에게 넘겼다. 그리고 시선으로 이렇게 지시했다.

모두 뒤로 가라. 나 혼자 간다.

그렇게 명령을 내리고 난 후, 그는 뒤도 보지 않고 바로 코너를 돌았다.

"어?"

그리고 그는 방금 전에 부하가 저지른 실수를 본인이 그대로 반복하고 말았다. 그야 그럴 법도 했다. 그는 이 동굴에 목숨을 걸고 싸우러 왔다. 그런데…….

타닥타닥.

따뜻하게 타오르는 캠프파이어 곁에 앉아 불을 쬐며 짜장면을 먹는 사내의 모습을 봤으니.

＊　　　＊　　　＊

가진 금화가 1만 개 가까이 됐고, 여기에 포상으로 1만 개를 더 받았는데 금화 하나 깨는 게 아까워서 짜장면을 먹는 걸 참는 것도 바보 같아졌다.

그래서 먹기로 했다, 짜장면! 정확히는 중화요리 코스였지만, 짜장면과 탕수육과 군만두를 두고 코스라고 부르긴 싫었다. 사실 가격만 따지자면 코스 가격을 훌쩍 넘겼지만 말이다.

─중요 연맹원이시니 더 좋은 걸 드셔도 될 텐데요.

링링이 투덜거렸다. 그녀의 말대로, 처음 상점을 열었을 때와는 달리 음식 종류가 많이 늘어나 있었다. 중화요리 코스보다 더 비싸고 고급스러워 보이는 음식들도 팔고 있었다.

하지만 난 신경도 쓰지 않았다. 스테이크니, 스파게티니, 스시니, 다 필요 없었다.

내가 먹고 싶은 건 짜장면이었으니까.

─주문하신 요리가 인벤토리에 도착했어요!

"그래, 수고했다."

나는 레벨 업 마스터를 주머니에 쏙 집어넣었다. 과연 인벤
토리에는 중화요리 코스랍시고 짜장면과 탕수육, 군만두가 들
어와 있었다. 헛웃음을 한 번 흘리곤, 나는 짜장면을 인벤토리
에서 꺼냈다.

"!"

기름이 좌르르 흐르는 검은색 짜장을 보자, 조건반사적으
로 입에서 침이 주르륵 흘러나왔다. 그와 동시에 눈에서도 눈
물이 주르륵 흘러나왔다.

세상에, 이게 뭐지?

나는 내가 짜장면을 보고 울 줄은 몰랐다.

아직 입안에 면을 넣지도 않았는데 침과 눈물은 주룩주룩
흘러나와 멈추질 않았다.

"흑, 흐윽……."

나는 필사적으로 울음을 그치려고 노력했지만, 눈물은 걷
잡을 수 없이 흘러나왔다.

에이, 모르겠다. 난 그냥 종이봉투 안에 든 나무젓가락을
집어 반으로 갈랐다. 이 와중에도 솜씨 99+가 어디 가진 않아
서 젓가락은 깔끔하게 나눠졌다.

하도 오랜만이라 젓가락질하는 법도 생각이 안 날 줄 알았

는데, 내 손은 너무나도 능숙하게 짜장 소스와 면을 비볐다.

눈물이 좀 섞이긴 했지만, 이 정도면 완벽하지.

후르르륵.

나는 딱 한 젓가락만으로 한 그릇을 깨끗하게 비워 버렸다. 아무리 곱빼기가 아니라지만, 너무 빨리 먹어치운 거 아닌가? 옷소매로 대충 눈물을 닦아내곤, 나는 다시 링링을 불렀다.

"링링, 짜장면 한 그릇 더 줘."

—벌써요? 아니……. 지금 우시는 거예요?

링링은 내 얼굴을 보고 놀란 듯 두 눈을 휘둥그레 떴다. 역시 눈물을 닦는 것 정도로는 숨겨지질 않는군.

"시끄러워. 주문이나 받아."

부끄럽다 보니 괜히 거친 말이 나갔다. 그런 내 반응에 링링은 불쾌해하기는커녕 머뭇거리다가 내게 이렇게 말했다.

—…연맹의 영웅께 짜장면 한 그릇 정도는 제가 쏘죠.

"뭐야? 날 동정하는 거야? 그러지 마. 나 돈 많아."

—쏘게 해주세요. 그럼!

멋대로 인벤토리에 짜장면이 들어왔고 레벨 업 마스터의 상점창은 도망치기라도 하듯 후다닥 꺼졌다.

"…시키지도 않은 짓을."

그래도 쏴준 걸 남기는 건 예의가 아니지. 나는 링링이 쏜 짜장면을 꺼내, 이번에는 느긋하게 음미하며 먹었다.

역시 남이 사준 걸 먹는 게 더 각별하다.

나는 끅끅대면서도 짜장면 한 그릇을 깨끗하게 비웠다.

"김치라도 있었으면 더 좋았을 텐데."

누가 한국인 아니랄까 봐, 수백 년간 먹지도 않았던 김치가 갑자기 땡겼다. 그렇다고 방금 전에 못 보일 꼴 보인 상대인 링링을 다시 불러내는 것도 좀 뭐해서, 입이나 몇 번 다신 후 군만두나 꺼내 우적거렸다.

그때였다.

"어?"

다른 사람 목소리가 들린 건.

아, 미친. 아직 눈가에 눈물이 남아 있을 텐데. 왜 직감은 반응을 안 한 거야? 이유는 금방 알았다. 소릴 낸 상대가 내게 있어선 모기만큼의 위협조차도 되지 않기 때문이다.

목소리가 들린 방향을 잘 보니 아직 상대가 내 얼굴을 목격한 건 아닌 것 같았다. 아마도 통로 쪽으로 비쳐 보이는 캠프파이어의 불빛을 보고 놀라 자기도 모르게 소릴 낸 듯했다. 모습을 드러내지 않는 걸 보니 코너 뒤에 숨은 거겠지.

그럼 아직 실패를 되돌릴 여지는 있다. 여긴 동굴 안이고 어둡다. 캠프파이어를 켜두긴 했지만 이 정도의 빛으로는 내 얼굴 상태가 그리 자세히 보이진 않을 것이다.

나는 일단 인벤토리에서 물을 꺼내 얼굴을 한 번 닦은 후, 붕대라도 꺼내 눈 주변을 꼼꼼하게 닦았다. 이걸로 눈물 자국은 없어졌겠지. 없어져야 되는데.

"누구냐."

그러고 나서야 나는 목소릴 냈다. 다행히 목소리에는 큰 변함이 없었다. 적어도 내가 듣기론 말이다.

별로 위협적인 목소릴 낸 것 같지는 않았는데, 코너 저편이 뭔가 부산스러워졌다.

"흐음."

이대로 기다리고 있는 것도 좀 뭐했다. 나는 레벨 업 마스터를 꺼냈다.

"링링."

—부르셨나요, 영웅님!

"짜장면 한 그릇 더. 그리고 김치 좀 있어?"

—김치……. 김치……. 네! 있어요! 가격은 금화 2개네요!

"윽! 무지 비싸네……!"

하긴 지구에서도 해외에서 김치 먹으려면 지갑이 찢어진다고 그랬지. 나도 들은 이야기지만. 아무튼. 좀 아쉽군. 앞으로 어디에 돈 쓸 곳이 생길지 모르는 마당에 좀 아쉬운 정도로 금화 2개를 쓸 만큼 담이 크진 않았다.

"그럼 그냥 짜장면만 줘."

—네! 중화요리 코스요!!

아무 일도 없다는 듯 대해주는 링링한테 약간의 고마움이 느껴졌지만 특별히 따로 표시는 안 했다. 고맙다는 말을 하는 게 더 멋쩍고 쪽팔릴 것 같았기 때문이다.

어쨌든 세 그릇째의 짜장면을 받아 들고 젓가락으로 면과 소스를 뒤섞어 한입 물었을 때가 되서야, 코너 너머의 부산스러움이 끝나고 누군가가 나타났다.

"어?"

그리고 그 누군가는 인사는커녕 꽤나 무례한, 그리고 얼빠진 목소리부터 냈다. 사람을 만나면 인사부터 해야지. 하지만 상대가 인사를 하지 않았으므로, 내 입에서도 좋은 말이 나가지는 않았다.

"뭐야, 엘프잖아. 그런데 하얀군."

내가 아는 엘프, 그러니까 튜토리얼 세계에서 NPC로 만났던 엘프는 흑발이 많았다. 그런데 지금 불가로 다가오고 있는 저 엘프는 전체적으로 하얗다. 머리칼도 그렇고 피부까지. 눈동자만 까만 게 인상적이다.

뭐, 변종인가 보지. 인간도 백인이 있고 흑인이 있는데.

꼬르르르륵.

내 혼잣말에는 하얀 엘프의 배가 대신 대답했다. 위장이 우는 소리가 동굴 안에 요란하게 울려 퍼졌다.

얼굴을 붉히는 그……. 남자 맞나? 엘프란 족속은 남녀 구별이 어려워서. 어쨌든 내가 먹고 있던 짜장면의 기름진 냄새가 그로 하여금 실례를 하도록 만든 모양이다.

피식하는 웃음이 절로 새어 나오고 말았다. 웃은 나도 나다. 배고픈 게 뭐 부끄러운 거라고. 중대한 문제지. 목숨이 걸

렸으니까.

나는 엘프를 향해 손짓했다.

"이리 와, 불가에 앉아."

"네? 아, 아아. 네."

항상 고고한 모습으로 자존심을 세우던 튜토리얼의 NPC 엘프들과 달리 높임말이 바로 나온다. 생각해 보면 드워프들도 그랬었다. 사실 자존심이란 건 꽤 사치품이다. 목숨이 위험한데 자존심 챙기고 사는 게 더 신기하지.

그런 의미에서, 이 엘프들도 황무지로 피난한 드워프들과 크게 다르지 않은 상황하에 놓인 것 같아 보였다.

어쨌든 하얀 엘프는 머뭇거리면서도 다소곳하게 불가에 와 앉았다. 그러자 그의 앞에도 짜장면 반 그릇이 뿅 하고 나타났다.

"어?"

엘프가 눈을 휘둥그레 떴다. 내가 봐도 신기한 현상이다. 이미 드워프, 오크들과 같이 음식을 나눠 먹어봤기에, 이번에는 내 스킬에 내가 놀라는 추태를 보이지 않을 수 있었다.

"먹어."

내 지시에 엘프는 눈을 두어 번 깜박거리다가 짜장면을 내려다보았다. 엘프의 입술 사이로 침이 주르륵 흘렀다. 이 엘프도 꽤나 오랫동안 굶주린 모양이었다. 하긴 드워프나 오크들도 그랬지.

"저, 정말로…… . 먹어도 됩니까?"

"그래, 먹어."

엘프는 조심스럽게 젓가락을 다뤄 간신히 면을 한 젓가락 집어 올려 입안에 넣었다. 그 순간, 그의 머리 위에 느낌표가 떠오르는 것처럼 보였다. 정지 버튼을 누른 것처럼 멈춰 있던 것도 잠시.

후르륵, 후르륵.

젓가락을 칼 쥐듯 집고 필사적으로 면을 입안으로 밀어 넣기 시작했다. 예쁘장한 모양의 새하얀 입술 주변이 짜장 소스로 거뭇거뭇해지는 것도 시간문제였다.

"흐윽, 흑흑…… ."

정신없이 먹다 말고, 엘프는 울기 시작했다. 울면서도 짜장면은 계속 먹었다.

그래, 이 짜장면이 원인이다. 눈물이 나올 정도로 맛있는 게 문제다. 그래서 나도 먹으면서 울어버리고 만 거다. 내가 생각하면서도 그건 아닌 것 같다는 생각이 슬쩍 들긴 했지만.

'깊이 생각해 봐야 쪽이나 팔리지.'

그냥 그런 걸로 해두자.

*　　　　*　　　　*

직감은 전혀 반응하지 않았지만, 지금 내게 다가온 엘프 외에 다른 엘프들이 있다는 건 기척으로 알았다.

자기네 동족이 음식을 얻어먹는 걸 보고 안심이라도 한 것인지, 다른 엘프들도 슬금슬금 이쪽으로 다가왔다.

나는 그들에게도 손짓해 불가에 앉히고 짜장면을 먹였다. 동굴 안의 작은 공동이 울음바다가 되는 것도 시간문제였다.

그러고 있으려니 눈앞에 메시지가 하나 떴다.

—설원 엘프들의 우호도가 50 상승했습니다.
—퀘스트 완료 보상이 지급되었습니다. 인벤토리를 확인해 보십시오.

허, 이젠 퀘스트도 안 주고 보상부터 먼저 주네. 처음 있는 일도 아니기에 크게 신경 쓸 거리는 못 됐지만 말이다. 어쨌든 메시지 내용을 보니 이 하얀 엘프들 정식 명칭이 설원 엘프라는 것 같군. 왠지 그럴 거 같긴 했어.

그건 그렇고, 역시 짜장면은 위대하다. 우호도를 50이나 올려준 음식은 지금껏 없었다. 오크 상대로 물과 빵을 둘 다 지급했어도 25밖에 오르지 않았으니까. 역시 비싼 값을 한다고 봐야 했다.

—퀘스트 완료 보상: 금화 40개(+100%), 기여도 40(+100%)

"역시."

오크도 인류인데 엘프가 인류로 분류되지 않을 리가 없었고, 당연하게 우호도 퀘스트가 떴다. 새로 뜬 퀘스트는 우호도 150 달성이었고, 방금 받아 챙긴 보상은 우호도 50에 달했을 때 얻을 수 있는 보상이었다.

"…저어……. 마법사님."

가장 먼저 짜장면을 해치우고 다른 엘프들이 먹고 있는 짜장면을 보며 입맛을 다시고 있던 엘프가 문득 내게 말을 걸었다.

"마법사님?"

"마법사님이 아니십니까?"

"어, 그러고 보니 맞아."

주력으로 쓰는 스킬은 반격가 계열이지만 어쨌든 지금 직업은 마법사 계열인 건 맞다. 야전 마법포병이니까…….

"혹시……. 이 동굴에 서식하고 있던 거미들은……."

묻기 곤란한 질문인지, 꽤나 꾸물거렸다. 내가 좀 도와줘야겠군.

"식인 거미 말이야?"

"네, 네!"

"다 죽였다."

그 순간, 후루룩거리는 소리가 딱 멈췄다. 캠프파이어가 타닥타닥거리며 타는 소리만 자욱했다.

"저, 정말입니까!?"
"그래. 아니면 이런 데서 불이나 피우고 있을까?"
와아아아아!
동굴의 작은 공동에 갑자기 함성 소리가 울려 퍼졌다.

Chapter 2

　―설원 엘프들의 우호도가 100 상승했습니다.

　―퀘스트 완료 보상이 지급되었습니다. 인벤토리를 확인해 보십시오.

　―퀘스트 완료 보상: 금화 60개(+100%), 기여도 60(+100%)

　"살았어!"

　"이제 산 너머로 갈 수 있어!!"

　영문을 모르겠지만, 황무지에서 구울들을 모조리 처치한 다음 드워프들을 만났을 때와 같은 반응이라고 이해하면 되겠지. 그때보다 우호도 상승이 더 높긴 하지만, 본질적으로는 크게 다르진 않을 것이다.

그래도 내가 한 일에 이렇게 좋아해 주니 좋네.

사실 금화를 벌어서 좋은 거지만.

나는 싱긋 웃었다.

"저희는 설원 엘프라 불리는 종족입니다. 이 고원의 주민이
죠."

어느 정도 환호성이 진정된 뒤에나, 리더처럼 보이는 설원
엘프가 나섰다.

시스템 메시지로 들어 이미 알고 있는 사항이었지만, 정식
으로 소개를 받는 건 또 다르다.

"그리고 저는 엘르히라 합니다. 저희 부족, 겨울 토끼 부족
의 레인저 부대 대장을 맡고 있습니다. 이들은 제 부하들입니
다."

레인저라. 한국어론 유격대였지. 유격대에 별로 좋은 기억
은 없다. 이 레인저들이 한국군에서 말하는 유격대와 정확하
게 같은 의미의 부대인 건 아닐 테지만.

"그래, 엘르히. 나는 이진혁이라 한다."

지나치게 간소한 자기소개지만, 내 입장에서도 더 덧붙일
타이틀이 없었다. 이들에게 '인류연맹의 영웅' 같은 소릴 할 수
도 없고, 그걸 내 입으로 덧붙이는 것도 객쩍다.

"짜장면값이라고 하긴 좀 뭐하지만, 이 지역에 대해 정보가
필요해."

그러니 바로 본론부터 꺼냈다.

"저 지고의 음식은 짜장면이라고 하는군요. 이런 귀한 음식을 나눠주셔서 다시 한번 감사드립니다."

그렇게 말하는 새하얀 엘르히의 뺨이 붉게 물들었다. 짜장면의 맛을 되새기고 있는 것 같았다. 그나마 엘르히야 좀 침착한 태도를 보여주고 있었지만, 다른 엘프들은 짜장면, 짜장면하고 중얼거리기 시작했다.

엘프들이 저러는 걸 보니 인류연맹 상점표 짜장면이 맛이있긴 했던 모양이다. 그야 먹으면서 울 정도니 맛없을 리는 없다. 나마저도 울었으니 말이다.

"더군다나 마법사님께서는 이 동굴의 식인 거미들을 소탕해 주셨으니, 이미 저희 부족의 은인이나 다름없습니다. 은인께 대가를 바라는 것도 아니 될 일이지요."

나야 그냥 보상 바라고 한 짓이지만, 엘프들이 느끼기에는 또 다른 모양이었다. 그렇다고 굳이 내가 나서서 고개를 저을 필요는 없어 보였기에, 나는 그냥 잠자코 엘르히의 이어질 말을 기다렸다.

"이 지역, 저희가 생활의 근거로 삼고 있는 눈 토끼 고원은 본래 안온하고 살기 좋은 곳이었습니다. 비록 겨울에 눈이 좀 많이 오고 산세가 험해 고립되는 일이 잦긴 했습니다만……."

역시 고원 지역인가. 하긴 동굴을 통과하며 한참 기어 올라오긴 했지. 이런 곳을 살기 좋은 곳이라고 말하는 건 애향심의 발로인 걸까? 하지만 그것도 과거형의 표현이었다. 무슨 일이 일어나긴 한 모양이었다.

"그런데 어느 날부터인가, 눈이 그치지 않게 되었습니다."

그렇게 말문을 연 엘르히의 표정은 벌써부터 수심에 가득 차 있었다.

"겨울에 며칠씩 눈이 내리는 건 익숙한 일이었기에 저희 쪽에서는 사태를 파악하는 게 조금 늦었습니다만, '아랫동네'에선 벌써 난리가 났던 모양입니다."

그 아랫동네란 건 드워프들 이야기인가? 아니면 다른 엘프들 이야기일지도 모르겠다. 이야기의 맥을 끊는 건 안 좋으니 나중에 물어보자.

엘르히는 어두운 표정으로 이야기를 이어나갔다.

"계속해서 내리는 눈에 먹을 것도 떨어지고, 마실 물도 위험해졌습니다. 본래 깨끗하기로 유명했던 이 지방의 눈입니다만, 눈을 녹여서 마신 사람들이 역병에 걸려 죽어나가기 시작했습니다. 저희가 원래 마실 물을 구하던 호수에도 눈이 녹아들어 더럽혀졌죠."

이 세계는 어딜 가든 물 부족으로 고생하는군. 아니면 교단이 '살균'을 위해 식수부터 끓는 걸 원칙으로 삼는 탓일지도 모르겠다. 이 멈추지 않는 폭설의 원인이 교단이라면 말이지만. 아직 확실하지 않은 이야기다.

"저희는 더 이상 이 눈 토끼 고원에서 살아갈 수 없다고 판단했습니다. 더 늦기 전에 다른 곳으로의 이주를 결정했죠. 일족의 노인들이 반발하긴 했습니다만……."

식량과 물이 없는데 어쩌겠는가. 다른 선택은 없었을 테지.

"본래 저희가 피난하려고 했던 '아랫동네'는 이미 텅 비어 있었습니다. 그리고 그 주변에 정체를 알 수 없는 거대한 괴수가 방황하고 있다는 소식을 선발대가 전해왔습니다. 그 괴수는 흉포하기 그지없어서 사람의 모양을 한 것은 무엇이든 쫓아와 잡아 죽인다고 했습니다."

그 거대한 괴수가 무엇인지 나는 감을 잡았다. 그것은 매우 높은 확률로 필드 보스일 터였다.

이 시점에서 이미 중요한 정보를 얻은 셈이었다. 그 필드 보스가 내 다음 목표였는데, 대략적이나마 그 위치를 알았으니.

문제는 그 필드 보스가 교단의 살균 병기일 가능성이 결코 낮지 않다는 점이었다. 만약 그렇다면, 그걸 처치한 시점에서 바로 인퀴지터가 날아오겠지.

그러니 필드 보스를 처치하고 나서 바로 달아날 수 있도록 계획을 잘 짜야 할 것 같았다. 적어도 이 지역에서 얻을 건 다 얻고 마지막에 필드 보스를 노리는 게 좋을 터였다.

뭐, 그냥 소속 없는 떠돌이 괴수일 가능성도 완전히 없진 않지만 말이다. 아무래도 정보를 더 얻어보는 게 좋을 것 같다.

"살아남은 선발대는 단 한 명이었습니다. 나머지는 그 괴수가 이 고원으로 따라오는 걸 막기 위해 흩어져 달아났다고 하더군요. 다른 선발대원들의 고결한 희생 덕에 저희 부족은 괴수로부터 무사할 수 있었습니다."

고결한 희생. 엘르히의 표현이 아깝지 않다.

"살아남은 선발대원은 지금도 살아 있나?"

"아뇨, 죄책감과 공포에 미쳐 스스로 목숨을 끊고 말았습니다."

"안타까운 일이군……."

물론 고결한 이의 죽음은 그 자체로도 안타까운 일이다. 그러나 내 입장에선 그 선발대원이 갖고 있었을 괴수에 대한 정보가 더 아쉬웠다.

좀 쓰레기 같은 사고방식이긴 하지만 내게 있어선 그만큼 시급하고 중요한 정보였다.

"괴수의 위협으로부터 안전해진 건 다행스러운 일이지만, 여전히 '더러운 눈'이 내리고 저희 부족원들의 목숨은 위험한 상황이었습니다. 그런데 아랫동네로의 피난이 불가능해진 터라 어찌할 바를 모른 채 시간을 보낼 수밖에 없었습니다."

맞서 싸울 생각은 못 해봤냐고 묻지는 않았다. 오크들은 필드 보스 중에서는 가장 약한 축에 속한다는 지옥 멧돼지를 상대로도 거의 멸종위기까지 몰렸다. 이 엘프들이 얼마나 강한지는 모르겠지만, 그 도전이 무모한 도전일 가능성은 꽤나 높았다.

"그렇게 의미 없는 나날을 보내던 중 어느 날, 한 무리의 아랫동네 사람들이 이 고원으로 피난을 왔습니다. 그 사람들은 드워프라는 종족이었는데, 굴을 파고 쇠를 녹여 두들기는 데 일가견이 있는 자들이었습니다."

아, 두프르프와 그 일당들이겠군. 아랫동네의 주민이 드워프일지도 모르겠다는 내 추측은 틀리지 않은 것 같았다. 그렇다면 혹시 몰라 두프르프에게 들어둔 괴수에 대한 정보도 쓸모가 있을지도 모르겠다.

"그들은 용케도 괴수의 추적에서 벗어나 여기까지 도망치는 데 성공했다고 합니다. 하지만 일족의 노인들은 외부인들을 아주 싫어해 드워프들을 내쫓으려 했습니다. 혹시나 괴수가 그들의 자취를 따라 마을로 들어올 수도 있다고 두려워한 까닭도 있을 겁니다."

이기적이고 자기 보신적인 태도였지만, 이해가 안 가는 반응은 아니다. 누구나 자기 목숨이 소중한 법이니까. 그러니 자기 목숨을 미끼로 던지고 마을을 구한 선발대원들의 행동을 고결하다 평가할 수 있는 것이고.

"부족 노인들의 냉대에 드워프들도 이 지역에 오래 머물지 않고 굴을 파서 산 너머로 도망치겠다고 말했습니다."

그렇게 파낸 굴이 어딘지 짐작하는 건 별로 어렵지 않았다.

"그리고 그 굴이 이 동굴이겠군."

"맞습니다."

내 말에 엘르히는 고개를 끄덕였다.

다행히 앞뒤가 다 맞았다. 내게 이 동굴의 위치를 알려준 것도 두프르프였으니, 아랫동네를 배회하는 괴수도 두프르프가 말한 그 괴수가 맞을 것이다. 그렇다면 그에게서 들은 정보도 쓸모가 있다는 소리다.

"드워프들은 저희에게 알리지 않고 조용히 사라졌습니다. 하긴, 물 한 방울 콩 한 조각조차 나누지 않았는데 미리 떠날 것을 알릴 의리 따위는 없었겠습니다만."

정말로 물 한 방울도 안 준 건가. 하긴 자기들 살기도 버거운데 물을 나누라고 하는 것 자체가 오만한 요구일지도 모르지. 나는 좀 더 냉정하게 생각하기로 했다.

"그러나 그들이 어디로 향했는지는 금방 알 수 있었습니다. 전까지는 없었던 이 동굴이 새로 생겨 있었으니까요. 이전까지 이주를 주장하던 사람들은 당연히 이 동굴을 이용하자고 말했지만, 일족의 노인들은 결사반대했습니다. 이주파의 사람들도 노인들을 설득해야 한다는 파벌과 그냥 두고 떠나자는 파벌이 갈려 지리멸렬해졌습니다."

이 엘르히는 어느 파벌이었을까? 노인들에 대한 답답함을 표시하는 걸 보니 이주파였던 건 확실해 보이는데.

뭐, 알아서 유쾌할 것 없는 정보긴 하다.

"그렇게 시간이 흘러갔습니다."

엘르히의 아름다운 얼굴에 수심이 가득했다.

"텅 비어 있던 동굴에 식인 거미들이 어느 날 갑자기 나타 났습니다. 드워프들이 판 굴과 자연 동굴의 연결 지점에서 거 미들이 쳐들어온 걸지도 모르고, 어쩌면 거미들이 직접 굴을 파 나온 것일지도 모르지만 확실하지는 않습니다."

내가 알기론 둘 다 아니다. 거미를 한 마리라도 놓칠세라 동굴 곳곳을 샅샅이 뒤져본 나는 알고 있다. 이 동굴은, 적어 도 통로는 일방통행이다. 갈림길은 모조리 막다른 길이거나 방으로 연결되어 있다.

그럼 대체 거미들은 어디서 나타난 걸까?

'교단인가?'

뭐든지 다 교단 탓으로 생각하는 게 좋은 버릇은 아닐 테 지만, 가지고 있는 정보가 한정되다 보니 사고 패턴이 그쪽으 로 흐르는 것도 어쩔 수 없는 일이다.

그보다 엘르히의 이야기가 아직 이어지고 있었다.

"처음에는 그리 심각하게 생각하지 않았죠. 거미들은 이 동 굴 밖으로 나오지도 않았고, 저희도 동굴 쪽으로 접근하지만 않으면 위험할 일 자체가 없었으니까요. 노인들은 오히려 좋 아하기도 했습니다. 이주파의 목소리가 수그러들었으니."

거 노인네들 갑갑하기도 하지.

"어쩌면 예상이 가능한 일이었을지도 모르겠습니다. 거미들 이 계속해서 번식해서 동굴이 넘쳐나게 되면 어떤 일이 벌어질지, 사실 미리 내다볼 수 있는 일이었습니다. 그러나 저희는 일족 내부의 갈등을 봉합하는 데 바빴고, 위험을 대비하는 것을 소홀히 했습니다. 그리고 그 대가를 치르게 되고 말았습니다."

엘르히의 목소리에서 느껴지는 스트레스가 극단에 이르렀다.

"갑자기 식인 거미들이 동굴 밖으로 나와 사람들을 잡아가기 시작했습니다. 일족의 수호자들은 용감히 싸웠으나 오랫동안 식량 부족과 물 부족에 시달려 왔던지라 허약해져 있었고, 결국 저희는 패배했습니다. 그 후로부터 식인 거미들은 매일 밤 저희 부족을 침략하고 약탈했습니다. 이미 수호자들 대부분이 죽어버리고 만 터라 부끄럽지만 저희로선 도망치는 것 외에 방도가 없었습니다. 노인들이 그렇게 지키고자 했던 고향 마을을 버리고 산간으로 도주해야 했지요. 그 와중에 새로운 소식이 전해져 왔습니다. 아랫동네에 머물러 있던 거대 괴수가 고원을 향해 이동하고 있다는 것이 그것이었습니다. 앞뒤가 모두 꽉 막혀, 남은 것이라고는 거미의 먹이가 되느냐 괴수의 먹이가 되느냐를 선택하는 것뿐인 상황이었습니다."

그 진퇴양난의 상황을 이야기하고 있음에도 불구하고, 엘르히의 얼굴빛이 밝아졌다.

"그렇게 저희 일족, 겨울 토끼 부족이 최대의 위기에 봉착해 있을 때 바로 마법사님께서 나타나신 겁니다."

                    *   *   *

 설원 엘프들의 눈이 모두 반짝였다. 나를 무슨 영웅이나 구
세주 보듯 하고 있었다.

 "저희는 목숨을 버려서라도 이 길을 뚫을 작정이었습니
다."

 엘르히의 목소리에는 결연함이 담겨 있었다. 그의 결의는
진심이었으리라. 아니라면 식인 거미가 우글거리는 이 동굴에
직접 발을 들일 생각은 하지 않았겠지.

 그렇기에 엘르히는 나와 만날 수 있었다.

 "사방이 어둠이고, 발을 내디딜 곳이 없었기에 저지른 무모
함이었습니다. 실제로 이 전력으로 식인 거미들과 정면으로
맞붙었다간 필시 전멸했겠지요. 그랬다면 저희의 죽음은 실로
무의미한 것이 되었을 터입니다."

 그나마 미약하게나마 내 직감을 자극했던 식인 거미들을
생각해 보자면, 내 직감의 털끝도 못 건드린 이들이 식인 거
미 단 한 마리를 사냥해 낼 수 있을지조차 의문이었다. 그
런 의미에서 보자면 엘르히의 판단은 냉혹하리만치 정확했
다.

 "그런데 마법사님께서 저희를 구해주신 겁니다."

 이 정도 상황이라 식인 거미를 다 처리했다는 말 한마디에

우호도가 한꺼번에 100이나 오른 거였다.

짜장면의 효과가 좋았던 것도 오랫동안 굶주린 탓이었을 거고.

"설령 마법사님께 그런 의도가 없으셨다 한들, 저희는 마법사님을 은인의 예로 모셔야 합니다. 당장은 저희 다섯의 목숨을 구하셨고, 나아가 원래 다 죽을 운명이었던 저희 일족 전원을 구하신 것이나 다름없습니다."

그래! 그럼 보상 내놔! 라고… 하기에는 좀 그렇지. 드워프들과 마찬가지로 이들도 가진 게 거의 없을 테니까. 나는 마음을 비웠다.

"이제부터 어쩔 셈이지?"

"마법사님께서 허락하신다면 이 동굴을 통해 일족을 피신시키고 싶습니다."

"내가 허락하고 말 것도 없지. 원하는 대로 해. 이 동굴은 내 소유가 아니야."

굳이 따지자면 동굴을 판 두프르프의 것이겠지. 하지만 그 말까지는 하지 않았다. 이들 엘프와 두프르프 일파의 사이가 좋을 리는 없으니까. 그리고 이 자리에 두프르프가 있는 것도 아니니 아무래도 좋을 일이다.

내가 속으로 삼킨 말이 뭔지도 모른 채, 엘프들은 내 허락이 떨어졌다며 기뻐했다.

"하지만 그 전에 너희 마을까지 날 안내해 줬으면 좋겠군."

왜냐하면 퀘스트를 깨야 하니까.

[퀘스트]

　－의뢰인: 크리스티나

　－종류: 접촉

　－난이도: 불명

　－임무 내용: 이 지역의 인류 사회를 찾아내 구성원과 접촉하
라!

　－보상: 금화 20개(+100%), 기여도 20(+100%)

　지금 와서 하긴 보상이 좀 낮긴 하지만 그렇다고 안 할 이
유는 없다. 세 그릇이나 먹어버린 짜장면값도 도로 벌어야 하
니까. 사실 한 그릇은 링링이 쐈으니 내 돈으로 먹은 건 두 그
릇이지만, 그거야 뭐 아무튼.

＊　　　　＊　　　　＊

　설원 엘프 마을까지의 거리는 별로 멀지 않았다. 만약 하늘
에서 내리는 짙은 눈이 없었더라면 육안으로 보였을 만한 거
리였다. 하지만 마을은 텅 비어 있었는데, 엘르히의 말대로 주
민들이 모두 산간으로 피난한 탓인 듯했다.

―퀘스트 완료 보상이 지급되었습니다. 인벤토리를 확인해 보십시오.

―퀘스트 완료 보상: 금화 20개(+100%), 기여도 20(+100%)

그래도 퀘스트는 깼으니까 됐지 뭐.

엘르히는 마을에서 가장 큰 집으로 날 안내했다. 죽은 거목의 속을 파내 만든 것 같았는데, 안은 의외로 따뜻하고 안온했다. 어디까지나 의외의 수준이긴 했지만 말이다.

"마을회관으로 쓰고 있던 건물입니다만, 눈이 그치지 않게된 이후로 마을 사람 모두가 함께 사는 공간이 되었습니다. 마법사님과 달리 불을 피울 수 없으니 서로의 체온을 나눠서라도 버텨야 했거든요."

드워프들에 비해 불에 대한 반응이 덜 격렬하긴 했지만, 엘프들 역시 불을 못 피우는 건 매한가지인가 보다.

잘 보니 마을회관 가운데에 불 피운 흔적 같은 게 남아 있었다. 하도 오래되어 그냥 탄 자국이 좀 남은 정도였지만, 불을 피울 수 있었을 때는 여기에 모닥불이라도 피웠을 것 같았다.

"여기다 불을 피워도 되나?"

"피워주시겠습니까?"

내 제안에 엘르히는 동공을 확대시키면서까지 내게 되물었다.

"깨끗한 물을 구하기가 힘듭니다. 하지만 눈을 녹인 물을 끓여서 마실 수 있다면 이야기가 달라질 겁니다. 어쩌면 그것만으로도 이 고원에서 탈출하지 않아도 될 정도로요."

불에 대한 갈망이 어찌나 큰지, 엘르히는 횡설수설하며 내게 불의 필요성을 역설했다.

"어렵지 않은 일이지."

[캠프파이어]

튜토리얼에서 나오고 보니 가장 사기 스킬은 S랭크 캠프파이어일지도 모른다는 생각이 들었다. 설마 불을 못 피우게 만들어놨을 줄이야.

"오, 오오······!"

엘프들이 감탄하는 목소리가 마을회관 안을 가득 채웠다. 내가 불을 피운 건 봤지만, 어떻게 피우는지는 몰랐을 테니 놀랄 만도 했다.

─설원 엘프들의 우호도가 50 상승했습니다.

비록 드워프들에 비해 우호도 오르는 양이 5분의 1도 안 됐지만, 불 하나 피워준 대가치고는 괜찮은 편이다. 이제 50만 더 올리면 250을 채워 퀘스트 보상을 받을 수 있겠다.

"사람들을 불러오겠습니다."

다섯의 레인저 중 가장 막내처럼 보이는 엘프가 나서서 말했고, 엘르히는 고개를 끄덕였다. 그 엘프는 신난 기색으로 달려 나갔다.

엘르히를 비롯한 나머지 엘프들은 머뭇거리며 서 있었다. 뭐야, 왜 저러지? 설마…….

"불 쫴도 돼."

내 제안에 엘르히의 얼굴이 화색을 띠었다. 진짜였냐…….내 눈치를 보느라 맘대로 불도 못 쫴다니. 우호도는 200인데 날 너무 어려워하는걸.

"그래도 됩니까?"

"그래."

내 허락이 완전히 떨어지고 나서야 엘프들은 하나둘 불가에 앉기 시작했다.

"모처럼 마법사님을 모셨는데 아무것도 대접할 게 없어서 송구스럽습니다."

엘르히가 조심스럽게 입을 열었다.

"아니, 뭘."

드워프들처럼 대접한답시고 벌레를 가져와도 문제다.

"그런데 너희, 고기는 먹어?"

보통 엘프들은 채식주의자라는 선입견이 있다. 튜토리얼의 엘프들한테 물어봤을 때는 '좋아하지는 않는다'는 답변을 받아냈고. 그래서 혹시나 싶어서 물어본 건데…….

"못 먹습니다."

역시나.

"…없어서요."

잉?

"주면 먹나?"

"솔직히 말씀드리면 지금 저희가 먹을 것을 가릴 형편은 못 됩니다. 물도 음식도 다 떨어져 나무뿌리를 캐내 씹어 간신히 연명하고 있을 정도니까요. 그런데 고기님을 영접할 수만 있다면……."

엘르히의 눈이 꿈꾸듯 몽롱해졌다. 다른 엘프들도 군침을 삼키거나 입맛을 다시는 등, 말 그대로 가관이었다.

와, 깬다.

엘프에 대한 환상이 산산이 깨져 나가는 순간이었다.

하긴 나 같아도 굶주리다 못해 나무뿌리를 질겅질겅 씹다 가 잘 구운 고기를 보면 일단 절부터 할지도 모르겠다. 평소 에 별로 안 좋아하는 브로콜리를 생으로 내놔도 우적우적 씹 어 먹고도 남을 테고.

현실의 벽은 높고도 두텁다. 굶주림 앞에서 취향 따윈 아무 것도 아니다.

그건 그렇고 눈을 녹여 먹으면 병에 걸리고 눈에 의해 호수 의 물도 더럽혀졌다는데 물은 어디서 구하는지 내심 좀 궁금

했었는데, 나무뿌리를 씹어 먹음으로써 해결했었군. 엘프들 사정도 오줌을 증류시켜 마시고 바위 밑의 벌레를 캐다 먹는 드워프들 못지않게 처절했다.

"미리 캐서 보관해 둔 나무뿌리도 이제 다 없어져 가고, 나무들도 눈을 맞고 병에 걸려 죽어나가기 시작해서 그 뿌리를 먹어도 좋을지……."

사정이 이렇다면 다른 엘프들이 찾아왔을 때 탕수육 좀 먹여서 우호도를 더 벌어들일 수 있겠다 싶다. 짜장면에 너무 정신이 팔려서 중화요리 코스에서 탕수육은 아직 손도 안 댄 상태였으니.

"사람들을 데려왔습니다."

다른 마을 사람들이 숨어 있던 곳이 그리 멀지 않은 장소였는지, 생각했던 것보다 빨리 데려왔다.

"뭔가, 이건!"

그런데 마을 사람들 중에서 가장 연배가 되어 보이는 엘프가 앞장서서 성큼성큼 마을회관 안에 들어오더니, 내가 피운 불을 보고 고래고래 소리 질렀다.

"신께서 불을 금지하셨는데, 마을 한가운데서 불을 피우다니! 이런 불경한 짓을!!"

"하지만 예언자님, 이분이 예언자님께서 말씀하신 그 마법사님입니다!"

엘르히가 놀라 일어나며 외쳤다. 그런데 예언자라고?

"그 마법사라고?"

예언자라 불린 늙은 엘프는 눈썹을 꿈틀거리곤 날 바라봤다. 나도 그 시선을 피하지는 않았다. 3초 정도 눈을 마주친 후, 늙은 엘프가 말했다.

"가짜다."

"뭐라고요?"

"예언자인 내 말이다. 못 믿는 건가?"

밑도 끝도 없이 무슨 소리람.

쯧. 나는 혀를 찼다.

"사람을 보자마자 가짜라니. 초면에 너무 무례한 거 아닌가?"

"내가 모를 줄 알아? 넌 아이들을 현혹해서 고향을 버리고 다른 곳으로 보내 버리려는 이단이다! 사악한 것!!"

흐음……. 죽여 버릴까?

"그만두십시오, 예언자님! 이분께선 이미 우리 일족의 은인입니다!!"

내가 살짝 살의를 드러내려는 순간, 엘르히가 자칭 예언자의 앞을 가로막으며 격정적으로 외쳤다. 그러자 자칭 예언자는 이를 갈았다.

"엘르히, 멍청한! 내 말보다 외부인의 말을 더 믿는 건가?"

"당신은 아무것도 하지 않고 그저 기다리라고만 했지만, 그래서 뭐가 더 나아졌습니까? 그러나 마법사님께선 동굴의 식인 거미를 모조리 소탕해 주셨습니다!"

"그, 그게 정말인가?"

뒤에서 상황이 돌아가는 꼴을 지켜만 보고 있던 장년의 엘프가 갑자기 끼어들었다. 그 장년 엘프의 질문에 엘르히는 엄숙하게 대답했다.

"그렇습니다, 족장님. 퇴로는 뚫렸습니다. 이제 우리는 도망칠 수 있습니다."

저게 족장이었어? 그럼 저 자칭 예언자란 늙은이는 정체가 뭐지?

"족장! 헛소리요! 우린 마을을 떠나선 안 돼!!"

자칭 예언자는 카랑카랑한 목소리로 선언했다.

"그렇지만 예언자님. 이대로 있으면 우린 모두 죽습니다."

"내가 예언했지 않소? 우릴 구원할 마법사가 찾아올 것이오. 우린 그저 기다리기만 하면 되오. 기다리기만 하면……. 구원이 찾아올 것이오."

그 목소리는 따스하고 감미로웠다. 어찌나 달콤한 목소리인지, 내 직감이 반응했다.

[간파]
―[현혹]

"이런 쌍것이……!"

나는 곧장 [흡수]를 사용해 내게도 날아온 현혹 스킬의 효과를 지워 버렸다. 그러나 다른 엘프들은 그렇지 않았다.

"아, 아아……."

족장은 물론, 엘르히조차도 더 이상 날 감싸지 못하고 그 자리에 주저앉았다.

─[현혹] 스킬을 얻었습니다.

[현혹(Charm)]
─등급: 희귀(Rare)
─숙련도: 연습 랭크
─효과: 대상을 현혹하여 홀린다. 마력이 높을수록 강력한 효과를 발휘한다.

그 와중에 반가운 메시지가 뜨긴 했지만 대놓고 좋아하기는 힘든 상황이었다.

"역시 네겐 통하지 않는군. 정체가 뭐지?"

자칭 예언자가 나를 곁눈으로 노려보며 말했다. 나는 담담한 목소리로 대꾸해 주었다.

"내가 할 말인데?"

내 대답에 자칭 예언자는 픽 하고 웃었다.

"넌 세균이 아닌 것 같군."

세균.

교단의 인퀴지터 새티스루카로부터 들었던 용어다.

*   *   *

아니, 설마 이놈, 교단의 인퀴지터인가?

하지만 인퀴지터치고는 너무 약하다. 처음 보자마자 직감적으로 알아챘다. 식인 거미보다야 강하지만 지옥 멧돼지의 절반만큼도 위협적이지 않다.

'혹시……. 힘을 숨길 수 있다거나?'

모르는 일이다. 만약 그렇다면 좀 긴장을 할 필요가 있겠다.

"지금 너, 네 동족들을 세균이라고 부른 건가?"

일단은 가볍게 탐색해 보자. 이 녀석이 정말 인퀴지터라면 엘프들을 절대 동족이라 부르진 않을 터였다.

내 질문에, 녀석은 코웃음을 쳤다.

"이들은 내 동족이 아니다. 균사체가 사람 모양을 하고 있다고 해서 그게 사람일까?"

말하는 뽄새하고는. 그래도 이로써 이 녀석을 상대로 좀 긴장해야 할 이유가 는 셈이다.

내가 경계심을 보이자, 녀석은 한 번 더 픽 웃곤 내게 은혜라도 베풀 듯 말했다.

"넌 좀 쓸 만할 것 같아 보이는군. 감사해라. 나는 위대한 교단의 영광스러운 전도사다."

전도사? 인퀴지터가 아니라? 내가 눈을 작게 뜨자, 전도사는 짐짓 위엄 있는 체했다.

"아무리 무식해도 내 직업명을 듣고도 눈치를 못 챌 정도로 머저리는 아니겠지. 그렇다. 내겐 전도의 권한이 있다."

전도의 권한이라. 그걸 권한이라고 할 정도인가? 의무에 더 가깝지 않나? 하긴, 교단이 내가 아는 기존의 종교 집단과 그 성질이 판이할 가능성은 얼마든지 있다. 종교 주제에 사람을 가려 받을 수도 있지. 고정관념은 좋지 않다.

그건 그렇다 치지만 이놈 말하는 뽄새가 진짜 마음에 안 드는군.

그냥 한번 들이받을까 고민하고 있던 차였다.

"교단에 귀의해라. 그리하면 네게도 무궁한 영광이 주어질 것이다."

전도사는 의외의 발언을 했다.

"나를 전도하는 건가?"

"교단은 자애롭다. 네가 어떤 잘못을 저질렀더라도 일단 교단에 귀의한다면 네 죄를 사할 것이다. 두려워 말고 복종하라."

허.

아니, 덮어놓고 어이없어할 이야기는 아니다. 내게 있어서도 꽤나 달콤한 이야기다.

운 좋게 인퀴지터를 죽이고도 살아남긴 했지만, 교단이라는 거대한 세력은 내게 상당히 위협적이다. 적으로 돌리는 것보다는 아군으로 삼는 것이 내 보신에는 훨씬 나을 것이다.

그러나.

나는 주변을 둘러보았다. 엘르히를 비롯한 설원 엘프들이 현혹에 걸린 채 멍청하니 주저앉아 있었다. 아무리 NPC라지만, 내 눈엔 이들이 세균처럼은 보이지 않는다.

나는 한 번 훗 웃어주었다. 자칭 전도사처럼.

"모든 죄를 사해주나? 정말로?"

"그렇다."

"인퀴지터를 죽인 죄도 말인가?"

"인퀴지터를……. 뭐라고?!"

전도사의 얼굴이 일그러지는 꼴은 볼만했다. 놈의 태도가 일변했다.

"네놈……. 교단의 적!"

"하, 그럼 그렇지. 그럴 줄 알았어."

일개 전도사가 모든 죄를 사하여 줄 순 없다. 처음부터 사기였다. 입만 번지르르해선. 도중부턴 한 대 패줄까 고민했으니 입이 번지르르한 것도 아니지.

그리고 지금부터 난 실제로 이놈을 한 대 패줄 예정이었다. 그런 내 속내를 눈치챈 건지, 전도사가 소릴 꽥 질렀다.

"날 지켜라! 아니, 죽여!!"

그 말이 날 향하는 것이 아님은 명백했다. 당장 엘르히가 내게 덤벼들고 있었다. 날 구원자로 여기던 그가 말이다.

"하하, 현혹이란 무섭군."

난 씁쓸하게 웃으며 몇 분 전에 [흡수]해 놨던 [현혹]을 [방출]했다.

[방출]— 현혹

—현혹에 실패했습니다. 이미 현혹에 걸린 상태입니다.
—현혹을 시도해 보기(1/1)

"랭크 업."

[현혹]— F랭크

나는 그 이상 스킬을 사용하지 않고 그냥 대충 엘르히를 밀었다. 뒤이어 덤벼들던 레인저들이 엘르히의 몸에 같이 밀려 넘어졌다.

"그러고 조용히 있으라고."

[마비 마안]

식인 거미에게서 얻은 마안 스킬을 엘르히에게 쏴주자, 엘르히의 몸이 그 자리에서 뻣뻣이 굳었다. 음, 마력 올려두길 잘했군. 수련치도 쌓였다.

"이건 불가항력이야, 엘르히. 하핫."

나는 연습 랭크 수련치를 채운 마비 마안을 랭크 업 시키고, 내게 달려드는 다른 엘프들에게도 차례차례 슬로우와 마비를 걸었다. 상황은 더럽지만 수련치는 맛있다.

그렇게 엘프들을 무력화시키고 나니, 전도사는 마을회관 밖으로 도망치고 있었다.

"어딜!"

나는 전도사를 향해 마비 마안을 날렸다. 다른 엘프가 몸을 날려 그 마비를 막아주려고 했으나 이미 슬로우에 걸린 터라 너무 느렸다.

"아악!"

마비 저주에 걸린 전도사가 비명을 질렀다.

이거 꽤 아픈가 보군. 아니면 그냥 전도사만 엄살이 많아 이러는 건지도 모르겠지만.

나는 내게 날아드는 [마비 마안]은 족족 흡수하거나 받아쳐 날려서 직접 맞아본 적이 없다. 그래서 얼마나 아픈지 잘 모른다. 사실 별로 알고 싶지도 않고.

"거기서 기다리고 있어. 나 수련치 좀 마저 채우게."

나는 전도사에게 그리 말하고, [슬로우]에 걸려 느릿느릿하게 내게 달려드는 설원 엘프들을 향해 돌아섰다. 그저 현혹당했을 뿐인 설원 엘프들에게 죄는 없지만, 어쨌든 제압할 필요는 있었다. 이런 좋은 변명거리가 있는데 수련치 쌓을 기회를 놓칠 수야 없지.

한 명, 한 명. 일부러 슬로우를 먼저 걸고 그다음에 마비를 거는 식으로 꼼꼼하게 수련치를 채웠다. 그랬던 보람이 있어, 나는 두 스킬 모두 D랭크를 달성할 수 있었다.

그 와중에 마비에서 벗어나 도망치려는 전도사에게도 추가로 슬로우와 마비를 걸어준 건 덤이다.

"으으, 으으으……."

전도사는 입에서 침을 질질 흘리며 괴로워하고 있었다. 나는 그를 내려다보며 싱긋 웃었다.

"미안하지만 아직 안 끝났어."

현혹 스킬의 수련치도 채워야 하거든.

*　　　*　　　*

[응급치료]+4

─등급: 일반(Common)

─숙련도: S랭크

─효과: 비전투 상태에서만 사용 가능. 대상의 생명력을 천천히

회복시키고 부상을 치료한다. 스킬 사용에 붕대가 필요하다.

스킬 설명에 붙어 있진 않지만, 내 응급치료는 S랭크 보너스로 원래 대상의 가벼운 상태이상을 하나 해제해 주는 효과가 붙어 있다.

그런데 일전에 응급치료를 강화하면서, 새로운 보너스가 붙었다. 치료 효과가 올라간 것은 물론 상태이상도 여러 개를 동시에 풀 수 있게 되었고, 정신이상까지 치유할 수 있게 된 게 그것이었다.

즉, [응급치료]+4로 풀 수 있는 상태이상에 [현혹]이 포함됐다.

그럼 뭐다?

"으윽……! 그, 그만!!"

"안 돼. 후후후."

[현혹]

나는 전도사에게 붕대를 감았다 풀었다 하면서 현혹도 반복적으로 걸고 있었다. 전도사를 고문하는 게 아니라 그냥 수련치를 쌓고 있는 거다.

이미 현혹에 걸린 대상에게 다시 현혹을 걸어도 수련치가 쌓이지 않기에, 그럼 현혹을 푼 다음에 다시 걸면 되지 않을까? 하는 발상을 떠올렸는데 그게 멋지게 들어맞았다.

[슬로우]
[마비 마안]

하는 김에 슬로우와 마비 마안 수련치도 마저 채우고 말이다. 아무리 그래도 무고한 설원 엘프들한테 이런 극악한 고문을 할 순 없으니.

아니, 고문 아니지만. 이거 고문 아니다.

"어버버버……."

거의 정신이 나간 것처럼 보이는 전도사의 표정을 보아하니 측은지심이 일지 않는 것도 아니지만 방심해서도 안 되고 잊어서도 안 된다.

이놈은 사람을 벌레처럼 보는 교단 소속이며 나도 현혹하려고 했고 죽이려고도 했다.

그러니까 이것도 다 정당방위다. 좀 과잉 방어인 것 같은 느낌도 들지만, 그게 뭐 중요할까.

"그래서 네 목적은 이 고원에 설원 엘프들을 묶어두고 모두 자연스럽게 굶어 죽게 만드는 것이었다고? 구원자 마법사가 찾아온다며 헛된 희망을 준 것도 그 때문이고?"

"그렇습니다……."

"그러느니 그냥 네 손으로 죽이지 그랬어?"

"그래선 안 됩니다……. 이들의 죽음은 자연스러워야……. 합니다……."

현혹에 걸린 전도사를 심문하는 과정에서 교단이 직접 '살균'에 나서지 않는다는 것도 확실해졌다. 왜 그래야 하는지는 전도사도 자세히 모르고 있었다. 뭐 종교적인 이유겠지.

어쨌든 이 말이 맞는다면 당분간은 황무지의 드워프와 오크들도 안전할 테니 다행이다.

[응급치료]

"허억, 허억! 제, 제발 그만! 그만해 주십시오!!"

현혹에 걸려 있었던 때의 기억은 사라지지 않는다. 고작 레어 스킬인 현혹에 기억 조작이나 최면 같은 고급 효과가 붙어 나올 리가 없다. S랭크 보너스라도 받으면 모를까.

즉, 이 전도사는 자기가 현혹당해 중요 정보를 나불나불 떠들고 있다는 걸 자기 스스로도 잘 알고 있는 상태다.

"크크큭. 너도 잘 아는 모양이로군. 그래, 너는 이미 교단의 배신자다."

"아니야……. 아닙니다!"

전도사는 기어코 울음을 터트리고 말았다. 사람이 이렇게 된 걸 보고 있자니 좀 불쌍한데?

[슬로우]

[마비 마안]

[현혹]

그렇다고 수련치 쌓는 걸 멈출 생각은 없지만. 값싼 연민이나 동정심보다는 수련치가 더 중요하다는 건 굳이 말할 필요도 없이 변함없는 진실이자 진리다.

"으아악! 흐아앙!"

마비의 고통과 현혹의 쾌락에 농락당하며, 전도사는 혼자서 다양한 소릴 연주했다.

나는 그냥 설원 엘프들 모인 자리에서 전도사를 상대로 수련치를 쌓고 있었다. 그렇다 보니 전도사의 입에서 나온 말은 다른 설원 엘프들도 다 듣고 있었고, 진실을 알게 된 엘프들은 당연히 분노했다. 그들은 전도사의 껍질을 산 채로 벗기고 싶어 했다.

하지만 내가 제지했다.

즉, 전도사의 목숨을 붙여두고 있는 건 나다.

이런 내게 전도사를 상대로 스킬 수련치를 쌓을 정도의 자격은 있지 않을까?

"차라리 그냥 죽이는 게 더 자비로울 정도로군요⋯⋯."

도중부터는 엘프들도 끼어들지 않고 안 그래도 흰 낯빛을 더 새하얗게 하곤 내 하는 양을 보고만 있었지만, 그리고 자기들끼리 저런 소릴 속닥거리고 있었지만.

중요하지 않다.

"음, 마나가 다 떨어졌군."

마비되어 그 자리에 무너져 내린 채 바들바들 떠는 전도사를 내버려 두고, 나는 불가에 앉아 좀 쉬기로 했다. 휴식을 켜면 마력도 회복되니까.

더욱이 어차피 캐낼 만한 정보는 다 캐낸 후였다. 수련치도 충분히 쌓았고.

그런데 이상하다. 불가에 앉은 사람이 나밖에 없다. 분명히 아까 앉아도 된다고 허락했었는데, 그새 까먹은 모양이다.

"다들 여기 불가로 와서 앉지?"

마을회관의 벽에 달라붙어 오들오들 떠는 엘프들에게 나는 되도록 친절한 말투로 그렇게 제안했다.

그러자 엘프들은 마치 사형선고를 당한 죄수처럼 흠칫 놀라더니 체념한 표정으로 하나하나 불가로 와서 앉았다.

이거야 원, 내가 무슨 처형인도 아니고. 반응이 이래서야 어디 우호도 채우겠어?

하는 수 없지. 이럴 땐 역시 오퍼레이션 미군이다.

나는 인벤토리에서 물을 꺼내 꿀꺽꿀꺽 마셨다. 그러자 [캠프파이어] 스킬의 효과로 불가에 앉아 있던 엘프 전원의 앞에 물이 뿅 하고 생겼다.

"오, 오오!"

"네 말이 정말이었군, 엘르히!!"

아직 놀라기엔 좀 이르지. 이어서 나는 인벤토리에서 그동안 잘 묵혀뒀던 탕수육을 꺼내 들었다. 인류연맹에서 제공하는 탕수육은 이미 소스가 뿌려진 상태였지만, 갓 볶은 듯 바삭함이 살아 있었다.

"볶먹인가……."

"네?"

"아니, 아무것도 아니야."

내 혼잣말에 엘르히가 반응하는 불상사가 있었지만, 큰 사고는 아니었다.

"이, 이럴 수가! 이런 호화로운 음식이 세상에 존재할 수 있다니!!"

탕수육 절반을 받아 든 엘프들은 동공이 너무 확대되어 안구가 터질 것처럼 보였다. 입에선 벌써 침이 질질 흘러내리고 있었다. 와, 진짜 깬다. 얘네 엘프 맞아?

그럼에도 불구하고 아무도 물과 음식에 손을 대지는 않았다.

아, 그렇군.

"먹어도 좋아."

내 그런 허락이 떨어지고 나서야 설원 엘프들이 음식을 먹기 시작했다. 아니, 뭐. 무슨 잘 훈련된 개도 아니고. 얘네들 왜 이러지? 내가 그렇게 무서웠나?

어쨌든 다들 탕수육을 입에 넣었다. 처음에는 좀 주저했지만, 탕수육이 입에 들어간 그 순간 모든 것이 바뀌었다.

"!"

긴장과 공포로 인해 굳어 있던 설원 엘프들의 표정이 녹아내리기 시작했다.

Chapter 3

—설원 엘프들의 우호도가 50 증가했습니다.

—설원 엘프들과 [확고한 동맹] 관계를 맺었습니다!

—퀘스트 완료 보상이 지급되었습니다. 인벤토리를 확인해 보십시오.

—퀘스트 완료 보상: 금화 100개(+100%), 기여도 100(+100%)

설원 엘프들은 마파람에 게 눈 감추듯 음식을 싹 비웠다. 그러고는 내게 감격의 시선을 보냈다. 여기에서 얻을 수 있는 교훈이란? 역시 고기는 진리라는 절대 명제를 다시 한번 확인할 수 있었다. 굳이 하나를 더 꼽자면 탕수육은 역시 볶먹이다, 정도?

"예언자의 예언은 거짓말이었으나, 거짓이 사실로 변했군요. 마법사님께서는 저희 일족 전체의 은인이십니다. 이 은혜를 어떻게 갚아야 할지 모르겠습니다."

엘르히가 말했다.

"됐어, 뭐."

나는 손을 내저었다. 솔직히 배가 불렀다. 육체적으로든 정신적으로든. 그리고 지갑도. 퀘스트도 깼겠다, 새 스킬도 얻은 데다 마법 계열 스킬의 수련치도 채웠겠다. 아주 만족스러웠다. 이제 필드 보스만 잡으면 여기서 볼일은 다 끝난다.

"아, 그러고 보니. 언젠가부터 눈이 계속 온다고 했지?"

"네."

이 사태와 관련해서도 교단과 연관이 있는 게 아닐까 생각했지만, 적어도 전도사는 아무것도 몰랐다.

"…뭐, 새 스킬도 써볼 겸 한번 알아볼까?"

"네?"

"아니, 아무것도 아니야. 혼잣말이야."

나는 한 번 웃어 보이곤, 아직 어버버거리고 있는 전도사를 가리켰다.

"이제 저놈은 너희에게 넘겨주지. 마음대로 하라고."

안타까운 일이지만 [슬로우], [마비 마안], [현혹]의 수련치를 꽉 채웠다. 모두 B랭크에 올랐으며, 랭크 업을 하기 위해서는 강적을 상대로 스킬을 성공시키는 수련치를 채워야 했다. 전도사는 농담으로라도 강적이라곤 못 하니, 이제 내겐 쓸모가 다했다.

"죽여도 됩니까?"

엘르히의 목소리에는 진한 살기가 담겨 있었다. 이거 100% 죽이겠군.

하지만 뭐, 상관없었다. 전도사 토벌 퀘스트 같은 건 크리스티나로부터 날아오지 않았고, 전도사의 무력을 생각해 볼 때 놈을 죽인다고 전공 취급될 리도 없어 보였다.

혹시나 몰라 레벨 업 마스터를 켜서 물어보니 이런 대답이 나왔다.

―전도사는 민간인이에요. 절대 죽이시면 안 돼요.

"뭐? 저게 민간인이라고?"

나한테 현혹도 걸고, 현혹을 건 현지 인류에게 날 죽이라고 사주도 했는데?

―…어쩌다 보니, 그렇게 됐어요.

뭔가 복잡한 사정이 있었던 모양이다. 이런 건 따지고 드는 게 아니다. 윗선에서 모종의 거래가 오간 결과물일 테니. 크리스티나 같은 실무자에게 따져봤자 뭐가 바뀔 리는 없다.

게다가 지금 굳이 내가 그걸 바꿀 이유도 없었다.

"마음대로 해."

나 대신 처리해 줄 사람이 생겼으니까.

"감사합니다."

엘르히는 내게 절을 할 기세로 허리를 깊숙이 숙였다. 와, 정말 죽이고 싶었나 보다. 나는 킬킬 웃었다.

"대신 시간 너무 끌지는 마. 또 현혹당할 수도 있으니까."

그리고 만약 그런 불상사가 일어나게 된다면 엘르히를 비롯한 설원 엘프들은 다시 한번 내게 슬로우와 마비 콤보를 얻어맞게 될 것이다. 그런 말을 실제로 하지는 않았지만 알아서 깨달은 건지 엘르히는 다급하게 고개를 끄덕였다.

*　　　*　　　*

전도사의 비명 소리를 뒤로하고 나는 설원 엘프 마을의 마을회관을 나왔다.

나오자마자 할 일은 명확했다.

[섬전 신속]

파슛!

"오, 오오……!"

아직 스킬에 익숙하지 않아서 그런 걸까? 나는 내가 순간이동을 한 것처럼 느꼈다.

저기 보이는 나무 위로 가자고 생각하고 스킬을 썼더니, 다음 순간 나는 이미 나무 위에 서 있었다.

갑작스레 눈앞의 광경이 바뀌어 혼란스러웠기에, 나는 몇 초간이나 멍하니 서 있을 수밖에 없었다. 전투 중에 이랬으면 바로 목이 날아갔겠지. 미리 스킬을 써보길 잘했다.

뒤를 돌아보니 발자국 같은 건 남지도 않았고, 꽤 고속으로 이동했을 텐데도 궤적 같은 것도 남지 않았다. 이 정도면 무협에 나오는 답설무흔의 경지라고 해도 되려나? 정작 나한테 내공 같은 건 없지만 말이다.

"훌륭하군."

그렇다고 단점이 아예 없는 건 아니다. 체력 소모량이 정말 어마어마하다. 민첩 기반 스킬인데 정작 강건을 안 올린 플레이어라면 단 한 번도 제대로 쓰기 힘들 정도였다.

물론 내 강건 수치는 99+라 체력도 빵빵해서 큰 문제는 안 됐지만, 다른 플레이어였다면 사기당했다고 생각할지도 모르겠다.

어쨌든 나는 딱 내가 원하는 스킬을 얻었다. 이 정도면 인퀴지터로부터 습격을 당해도 거리를 벌리고 능력치 부스터 앰플을 인벤토리에서 꺼내 사용할 정도의 여유는 충분히 벌 수 있을 것 같았으니까.

"자, 그럼……. 이제 구름 위로 올라가 볼까?"

[섬전 신속]

나는 수직으로 뛰어올랐다. 구름을 뚫고 뛰어오르는 감촉은 느끼지 못했다. 그냥 스킬을 쓰자, 나는 구름 위에 있었다.

부유감.

아마 1초도 되지 않았을 것이다. 중력이 다시 날 붙잡아 땅으로 끌어 내리기 전까지의 짧은 시간이었다. 그 짧은 순간, 나는 목격했다.

"뭐야, 저거……."

거대한 괴물이 풍선처럼 둥실둥실 허공을 떠다니며 눈구름을 내뿜고 있었다.

나는 허공에서 재빨리 허벅지를 두 번 두들겨 레벨 업 마스터를 꺼내고 전원 버튼을 눌렀다. 섬전 신속의 기세로 허공에 머물 수 있는 시간은 그리 길지 않았다.

"크리스티나, 저거 뭐야?"

그렇게 묻고 있을 때 나는 이미 추락하고 있었다. 아무리 나라도 이 정도 높이에서 추락하면 좀 다칠지도 모른다.

─스노우 오버로드네요.

눈의 대군주라는 뜻인가? 꽤나 거창한 이름이다.

"필드 보스인가?"

─그렇지는 않아요.

"대군주인데?"

─이름뿐인 대군주죠.

"맥 빠지는군."

어느새 지면이 가까워졌기에, 나는 섬전 신속을 사용했다.

파슛.

나는 지면에 서 있었다. 추락의 피해 같은 건 입지 않았다. 관성을 무시하고 위치에너지까지 무시하다니. 과연 유니크급 스킬! 그렇게 감탄하고 있을 무렵.

"으앗!"

푸욱.

그러고 보니 여기 눈 위였지. 나는 눈 아래로 추락했다.

"으, 차거. 젠장, 옷 사이로 눈 들어갔어!"

나는 투덜거리며 다시 눈 위로 기어 올라갔다. 그때, 시스템 메시지가 떴다.

[돌발 퀘스트]

―의뢰인: 크리스티나

―종류: 토벌

―난이도: 보통

―임무 내용: 스노우 오버로드 토벌

―보상: 한 마리당 금화 20개(+100%), 기여도 20(+100%)

"저렇게 커다란데 식인 거미의 두 배 정도 보상이라니. 너무 짠 거 아니야?"

—크기만 크지 그냥 풍선 같은 놈들이에요. 공격 수단도 별로 없죠. 오로지 공중을 떠다니며 배설물을 계속해서 뿌리는 것만이 가진 능력의 전부예요. 어쨌든 하늘에 있어서 잡기 힘들다는 점 때문에 난이도가 좀 올라간 거죠.

그렇구나. 음……? 잠깐.

"방금 뭐라고 했어?"

—하늘에 있어서 잡기 힘들다고…….

"아니, 그거 말고. 배… 설물?"

혹시……. 그거?

—아, 네. 맞아요. 배설물. 눈처럼 보이는 건 스노우 오버로드의 대변이에요. 잘못해서라도 드시면 안 돼요. 병 걸릴지도 모르니까.

그렇군. 설원 엘프들이 눈을 녹여 먹다 병에 걸렸다는 건 그런 이유로군. 하하하…….

"…그러니까 지금 내 옷 속으로 들어간 게……. 저 괴물의 대변이란 말이지?"

하하하하, 하하하.

"죽인다!"

*　　　　*　　　　*

스노우 오버로드를 죽이는 것은 어렵지 않았다.

쾅!

마법포를 발사하면 되는 일이었으니까.

아니, 어디까지나 내게 어렵지 않은 일일 뿐이다. 만약 내게 [섬전 신속]이 없었다면 이 고공까지 뛰어올라 구름 위의 시야를 확보하고 포각을 잡을 수 있었을까? 아마 힘들 것이다.

레전드 유물 무기인 [3대 삼도수군통제사 대장선 천자총통]도 큰 역할을 했다. 내가 기존에 쓰던 [60mm 마법포]는 어디까지나 박격포고, 손에 들고 직사를 하는 데에는 그다지 적합하지 않았으니까.

세세하게 따지고 들자면 [천자총통] 자체가 배에나 성에 설치하고 쏘는 무기긴 했지만 내 근력 앞에 그런 문제는 그저 사소할 뿐이다.

천자총통의 공격력과 포격 위력 증가 13레벨 보너스는 공중에 떠 있는 상태에서 포격한다는 곡예에 가까운 전술을 실현 가능한 것으로 만들어주었다. 다소 명중률이 떨어지지만 스치기만 해도 녹아버리는 포탄의 위력으로 어떻게든 되니까.

스노우 오버로드 떼는 내 포격에 놀라 도망치기 시작했지만 이미 늦었다. 보통 속도로는 섬전 신속의 스피드를 따돌릴 수 있을 리 없는데, 애초에 오버로드 놈들이 너무 느렸다. 구름처럼 뭉게뭉게 떠다니는 게 고작이니…….

더욱이 스노우 오버로드를 격파하면서 마법포 사격 스킬 A랭크를 찍고 야전 마법포병 5레벨을 달면서 새로 얻게 된 스킬이 아주 큰 역할을 해주고 있다.

　[자동 재장전(Auto Reload)][패시브]

　—등급: 일반(Common)

　—숙련도: D랭크

　—효과: 확률적으로 [포격] 스킬의 재사용 대기 시간을 초기화

한다. 솜씨가 높을수록 발동 확률이 오른다.

　간단히 말해 포격 계열 스킬을 연사할 수 있게 만들어주는

스킬이다.

　"야호!"

　쾅! 쾅! 쾅! 쾅! 쾅!

　원래대로라면 자동 재장전 D랭크 정도로 5연사가 가능할

리 없지만, 솜씨 보정이 붙는 바람에 이렇게 천자총통을 신나

게 쏴 갈길 수 있게 된 것이다.

　그나저나 일반적인 플레이어가 정규 졸업 코스를 밟고 1차

직업으로 야전 마법포병을 택했다면 그만한 재앙도 따로 없겠

군. 레벨 업 보상으로 솜씨를 올려주지도 않는 주제에 갑자기

솜씨를 요구하는 스킬이 나오다니.

　"저놈이 마지막인가."

　나는 입맛을 다셨다. 일이 이렇게 되고 보니 공연히 아쉽기

도 하고 그랬다. 물론 마법포 사격 스킬은 A랭크를 찍었고 야

전 마법포병 5레벨 스킬도 입수했다. 수련치 면에서는 이제 아쉬울 게 없었다.

그러나 오버로드 사냥은 순수하게 재미있었다. 어렸을 적, 비눗물로 비눗방울을 후 불어 올리고 쫓아가면서 터트리던 추억이 되살아날 정도로.

그렇다고 도망치게 놔둘 생각은 없지만.

[대장군전 사격]

나는 천자총통의 무기 스킬을 사용했다. 이유는 별다른 게 없고 그냥 마법포 사격이 쿨이었기 때문이다.

쾅!

"오오오!"

그러나 그 광경은 내가 쏘고도 내가 감탄할 정도였다. 대함 미사일처럼 생긴 대장군전이 하늘을 슈웅 가르고 날아가 스노우 오버로드 몸에 콱 박혀서 펑 하고 터지는데, 대형 이상 크기의 적에게 400%의 위력 증대는 폼이 아니라는 듯 그 폭발의 크기가 장난이 아니었다.

어찌나 강력한 폭발인지, 하늘 위의 내 발아래에 자욱했던 먹구름이 한순간에 흩어져 버릴 정도였다.

"이야……. 장관인데?"

구름 위에서만 반짝이던 태양빛이 눈으로 가득 덮인 지면

에 내리꽂히면서 반짝거리고, 스노우 오버로드의 증발된 체액
에 반사되어 무지개가 만들어져 보이는 그 광경은 마치 자연
이 만들어낸 한 폭의 그림을 보는 것 같았다.

뭐, 만든 건 자연이 아니라 나지만!

—퀘스트 완료 보상이 지급되었습니다. 인벤토리를 확인해 보
십시오.

—퀘스트 완료 보상: 금화 1,020개(+100%), 기여도 1,020(+100%)

"좋아!"

그냥 보기에만 좋을 뿐만이 아니라 돈도 벌었으니 이보다
더 좋을 수가 있을까?

—설원 엘프들의 우호도가 250 상승했습니다.

—설원 엘프가 당신을 신으로 섬깁니다.

—설원 엘프의 우호도가 신앙심으로 치환됩니다.

—신앙 점수 +5

그런데 갑자기 생각지도 못한 메시지가 떴다.

뭐야, 이거?

잘 보니 저 아래에서 설원 엘프들이 모여 날 향해 절을 하
는 광경이 보였다.

"보고 있었나……."

내 입장에서야 좋은 일이다. 어쨌든 신앙 점수도 벌었고. 어디다 쓰는 건진 모르겠지만.

"이보다 더 좋을 수가 있을까 생각했는데, 더 좋은 일이 생겼군."

나는 유쾌한 마음에 껄껄껄 웃었다.

*　　　　*　　　　*

설원 엘프들의 땅, 눈 토끼 고원에 눈이 멈추지 않는 이유는 저 스노우 오버로드가 이 지역 상공에 군집해 있던 탓이었다.

하필 왜 이 시기에, 이 지역에 스노우 오버로드가 군집해 있었는지는 아무도 모른다.

교단의 전도사조차도 몰랐으니 교단의 짓이 아닐지도.

그냥 전도사만 모를 뿐이었고 교단의 윗선이 저질렀을 가능성도 없진 않지만, 넘겨짚는 건 별로 좋은 버릇이 아니다.

어쨌든 교단이 이 상황을 이용하려고 한 정황은 명백했다. 전도사는 설원 엘프 무리를 현혹해 구원자 마법사가 온다는 헛된 희망을 부여하면서까지 이 고원에 붙잡아둠으로써 '멸균' 시키려고 했으니까.

그러나 그 시도는 무위로 돌아갔다. 아이러니하게도 내가 전도사의 예언을 실현시킨 셈이 되어, 스노우 오버로드를 모조리 처치함으로써 고원의 멈추지 않는 눈은 멈췄다. 전도사 본인도 설원 엘프들 손에 살해당했다.

이로써 모든 것이 제자리로 돌아오는 듯 보였다. 나쁜 놈도 처치했고, 문제의 근원도 제거했으니 해피 엔드를 맞이할 차례인 것처럼 보였다.

그러나 현실은 달랐다. 설원 엘프는 아직 안전하지 않았다.

아랫동네에서 드워프들을 쫓아낸 거대 괴수가 이 눈 토끼 고원을 향해 올라오고 있었으니까.

이 때문에 결국 설원 엘프들이 정든 고향을 버리고 떠나야 한다는 사실 자체는 바뀌지 않았다. 그들의 일상을 위협하고 퇴로까지 막고 있던 식인 거미들을 내가 모두 처치한 덕에 숨통이 트였다고는 하지만 말이다.

더군다나 스노우 오버로드가 전멸하긴 했지만 그들의 배설물이 이 땅을 뒤덮고 있는 현실은 변하지 않았다. 물과 땅은 더럽혀진 채고, 완전히 정화되기까지는 몇 년의 세월이 필요할지 감도 잡히지 않는다.

이번 일을 계기로 새로 설원 엘프들의 족장이 된 엘르히는 결단해야 했다.

종족의 미래를 결정할 결단을. 뭐, 그 결단을 내가 대신 내려줄 수 있는 것도 아니고. 엘프들 스스로가 해결해야 할 일이다.

"만약 큰 바위 벽 산 너머 황무지로 가겠다면, 너희는 너희가 매몰차게 대한 이웃과 마주해야 할 것이다. 드워프들이 오크와 함께 자리 잡고 있지. 그 땅도 거칠고 황량하여 천국이라 할 수는 없다."

그래도 조언 한마디 정도는 해줄 수 있을 것이다. 하다 보니 한마디가 아니게 됐지만, 흔히 있는 일 아닌가?

"그럼에도 불구하고 너희가 그곳으로 가겠다면, 내 이름을 대라. 그렇게 하면 적어도 살해당하지는 않을 것이다. 그들을 이웃으로 삼고 함께 살고 싶다면 그들에게 헌신적으로 대하라. 그리하면 그들도 너희에게 헌신할 것이다."

내 이야기를 들은 엘르히는 경건히 내게 절했다.

"그 말씀 받잡아 뼈에 새겨 잊지 아니하겠나이다."

엘르히가 어떤 결론을 내릴 것인지 나는 모른다. 나는 지금 떠날 테니까. 그들의 운명은 그들이 스스로 선택하고 책임지게 될 것이다.

그러나 원컨대, 그들의 미래가 밝기를.

*   *   *

일단 당면한 목표는 엘르히가 제보해 준, 아랫동네에서 올라오고 있다는 거대 괴수의 토벌이다. 드워프 두프르프의 제보와도 일치하는, 거의 확실한 이 지역의 필드 보스다.

드워프들은 놈을 긴 혀 괴물이라 불렀다.

그 크기는 작은 산과 같았고, 머리는 길고 뾰족하여 마치 마상용 창의 창끝을 연상케 한다. 네 발로 걷기도 하지만 필요하다면 두 발로도 걷는다고 한다.

매우 날카롭고 긴 발톱을 양 앞발에 달고 마구 휘저으며 적을 참살하기도 하지만, 그보다도 더 두려운 공격은 긴 혀를 굴 안에 쭈욱 집어넣고 휘저어 숨은 먹잇감을 뽑아 먹는 것이라고 했다.

그 혀는 끈적끈적해서 닿기만 해도 그냥 끌려가며, 설령 어떻게 그 혀를 몸에서 떼어냈다 하더라도 타액의 산성 때문에 산 채로 녹아 죽는다고도 말했다.

그 묘사를 들으며 나는 생각했었다.

'그거 개미핥기 아닌가?'

물론 드워프를 개미굴 속 개미 핥아먹듯 뽑아 먹는 괴물을 개미핥기라고 부를 순 없을 것이다. 굳이 이름을 붙이자면 드워프핥기겠지. 그러나 드워프들 앞에서 그런 소릴 늘어놓을 순 없었기에 그냥 입을 다물었다.

그 드워프핥기가 아닌 긴 혀 괴물이 이번의 내 목표물이었다. 아랫동네에서 고원 쪽을 향해 천천히 기어 올라오고 있었으므로 가만히 있어도 만나긴 할 테지만, 이번에는 내가 먼저 찾아가기로 했다. 기습당하는 것보다는 기습하는 쪽이 나으니 당연한 판단이다.

하지만 그 전에 처리해야 할 일이 있었다.

그건 바로 반격가로의 재전직이었다.

일단 마력 기반 스킬들을 사용하기에 충분한 마력이 모였고, 야전 마법포병의 레벨도 5까지 올려 일전에 설정했던 목표를 달성했으니 당연한 수순이지.

설원 엘프 마을에 남아서 처리해도 되는 일이긴 했지만, 솔직히 말해 그 고원에는 1초도 더 있고 싶지 않았다. 고원 전체에 온통 뒤덮인 그것의 정체를 깨닫고도 그냥 남아 있겠다고 생각하는 쪽이 더 이상하다.

방금 전까지 나는 되도록 눈을 밟지 않기 위해 [섬전 신속]을 연타하며 고원지대를 빠져나온 참이었다. 쿨타임이 초기화되면 그대로 연타하고, 쿨타임이 생기면 나무 위에 서 있다가 다시 쓰는 걸 반복했다.

나무 위에도 눈이 쌓여 있긴 하지만, 잘못해서 눈구덩이에 푹 빠지는 것보다는 낫지. 저 눈구덩이에는 내 직감이 전혀 작동하지 않으니 언제 빠져도 이상하지 않다.

차라리 저 눈이 내게도 위협적인 독 같은 걸 품고 있었다면 직감이 작동하겠지만, 기분만 더러울 뿐 내겐 거의 해를 못 미치니 이렇게 되고 말았다.

그런 까닭에 좀 무리를 해서라도 섬전 신속의 연타를 택했는데, 아무리 내 강건 능력치가 높고 체력이 많다 한들 체력 소모가 격렬한 유니크급 스킬을 이렇게까지 남발했는데 지치지 않을 도리는 없었다.

그래서 좀 눈이 걷히고 지면이 드러난 곳에 도달하자마자 나는 움직임을 멈추고 그 자리에 불을 피웠다. 약간 부주의한가 싶긴 하지만, 아직 필드 보스도 안 죽였는데 인퀴지터가 갑자기 찾아오진 않겠지.

"으…… 흐."

불가에 앉아 휴식을 켜자마자 마력과 체력이 급속하게 회복되었다. 이제야 좀 살겠네. 나는 신발 밑창에 묻은 더러운 눈을 털어내고 불가에 뒤 말렸다. 이상한… 냄새가 나는군.

"에라이, 썅!"

나는 신발을 불속에 집어넣어 태워 버렸다. 그리고 인벤토리에서 새 해어진 가죽 부츠을 꺼내 신었다. 새 해어진 가죽 부츠라고 하니 이상하군. 하지만 아이템 이름이 이런데 뭐 어쩌겠는가.

그다음에, 나는 레벨 업 마스터를 꺼내 전원을 넣었다.

"주리 리."

그리고 바로 주리 리의 이름을 불렀다.

―부르셨습니까? 연맹의 영웅님.

나의 부름에 응답해 주리 리가 바로 나타났다. 나는 그녀에게 반격가로의 전직을 요청했다.

―알겠습니다.

내 요청을 들은 주리 리는 간단하게 고개를 끄덕였다.

원래대로라면 전직을 위해 전직 조건도 맞춰야 하고 전직 퀘스트도 따로 깨야 하지만, 레벨 업 마스터가 이 모든 과정을 생략해 주기에 이렇게 쉽게 직업 변경이 가능한 거다.

레벨 업 마스터와 주리 리가 없었다면 나도 그냥 반격가 레벨이나 계속 올리고 말았겠지. 그럼 설원 엘프들을 제압할 때 조금 더 폭력적인 방법을 써야 했을 테니, 그들에겐 다행한 일이다. 물론 나에게도 좋은 일이고.

이름: 이진혁
직업: 반격가
레벨: 12

그렇게 나는 다시 반격가가 되었다.

이제 여기에서 [흡수/방출] 스킬을 A랭크로 올리고 [받아쳐 날리기]를 S랭크로 올리면 바로 레벨 업을 할 수 있을 테지만 나는 그러지 않았다. 이제 곧 강적을 상대해야 하는데, 단번에 모든 피해와 상태이상을 치유 가능한 레벨 업을 지금 낭비할 순 없기 때문이다.

전직을 마친 후, 나는 물과 빵으로 식사를 때웠다. 금화 쪼가리, 줄여서 GP는 아직 좀 남아 있긴 했지만 짜장면은 승리한 다음에 먹고 싶다는 생각이 있었다. 기름진 중화요리를 매 끼니마다 먹는 것도 다소 꺼려지기는 했고.

"…역시 김치를 살 걸 그랬나."

어차피 안 살 거면서 나는 괜히 혼잣말을 하고 입맛을 다셨다.

휴식은 이것으로 끝이다. 체력도 마나도 모두 회복되었다. 더 쉴 이유가 없었다.

나는 일어섰다.

*　　　*　　　*

필드 보스, 드워프이터와 조우한 것은 눈 토끼 고원을 떠나고 하루가 지나서였다. 아, 드워프이터라는 건 인류연맹에서 긴 혀 괴물을 지칭할 때 쓰는 말이었다.

[퀘스트]

─의뢰인: 크리스티나

─종류: 토벌

─난이도: 매우 위험!

─임무 내용: 드워프의 천적, 드워프이터를 토벌하라!

─보상: 금화 1,200개(+100%), 기여도 1,200(+100%), 직업 경험치 1,200(+100%)

"설마 진짜 드워프핥기일 줄은 몰랐지."

개미핥기의 영어명이 앤트이터니, 드워프이터를 드워프핥기라 번역해도 아무도 불만을 털어놓진 않을 것이다. 아니, 드워프들은 좀 불만스러워하려나.

하지만 내 심정도 좀 이해를 해줘야 한다. 왜냐하면 드워프이터의 모습은 진짜 개미핥기랑 똑같았으니까. 엄밀히 말하면 훨씬 크고, 흉포하고, 미늘 갑옷 같은 비늘로 온몸을 뒤덮고 있었지만 어쨌든 내가 보기엔 개미핥기 그 자체였다.

"도저히 위협적으로는 보이지 않는군."

그렇게 혼잣말을 하긴 했지만, 위협적으로 보이지 않는 건 오로지 외견뿐이었다. 퀘스트 보상도 지옥 멧돼지보다 높았고, 내 직감도 저 거대 괴수가 블랙 드래곤보다 강력하다고 알려주고 있었다.

"하핫."

갑자기 웃음이 나왔다. 저런 개미핥기처럼 생긴 게 블랙 드래곤보다 강하다니. 튜토리얼은 역시 튜토리얼일 뿐이란 걸까?

"그래도 크게 위협적으로 느껴지지는 않는군."

반격가 레벨도 충분히 올린 데다, 지금의 내겐 마력도 있다. 더군다나 영웅 훈장과 함께 받은 보상 덕에 나는 한층 더 강해졌다. 유니크급 스킬인 [섬전 신속]도 손에 넣었고. 전설급 유물인 [천자총통]도 내 손안에 있다. 능력치, 스킬, 장비. 나는 모든 면에 있어서 틀림없이 크게 성장했다.

지금 상태라면 블랙 드래곤을 단 일격에 처치할 수 있을 거라는 확신이 있다.

드워프이터를 일격에 처치할 수 있을지는 잘 모르지만, 그건 해보지 않아서 확신하지 못하는 것일 뿐이다. 게다가 약점도 모르니까 말이다.

"뭐, 그렇다고 방심할 정도로 약한 적은 아니지만."

엄밀히 분류하자면 저 거대 괴수는 강적으로 분류할 수 있다. 내 직감이 위험 신호를 보내는 것에서 쉽게 알 수 있다. 잘못하면 싸우다 죽을 수도 있다는 신호다.

"그러니 강적 대상으로 올려야 할 스킬 수련치를 쌓을 수 있겠지?"

적을 보고 수련치부터 떠올리는 건 결코 칭찬받을 만한 사고방식은 아니지만 어쩌겠는가. 이것이 플레이어의 슬픈 본능이다.

"웃차. 그럼 가볼까?"

나는 씨익 웃으며 인벤토리에서 [전자총통]을 꺼내 들었다.

자, 깽판 칠 시간이다!!

*　　　*　　　*

어느 차원의 어느 장소.

이진혁이 막 드워프이터라고 명명된 필드 보스와 맞붙고 있을 때.

그들은 창문 하나 없는 작은 방에서 테이블 하나 놓고 둘러앉아 블랙잭을 하고 있었다.

"…새티스루카는 대체 어딜 간 거야?"

패가 별로 좋지 않은 듯 미간을 잔뜩 찌푸린 남자가 불쾌한 듯 중얼거렸다.

새티스루카, 교단의 인퀴지터.

본래 이 작은 방에 앉아 포커를 치고 있던 남자.

그리고 방금 혼잣말을 흘린 남자는 새티스루카의 맞은편에 앉아 있던 자였다.

"일하는 중이겠지."

새티스루카의 자리에서 보자면 오른쪽에 앉아 있던 남자가 무심하게 말했다.

왼쪽의 남자는 기분이 나빠 보이는 남자의 눈치를 보고 있었다. 그가 딜러였다.

"히트."

맞은편의 남자가 요청하자, 딜러인 남자가 카드 한 장을 더 넘겨주었다. 카드를 조심스럽게 까보던 맞은편의 남자는 낮은 신음성을 으르렁거리더니, 카드를 덮었다.

"가봐야겠군."

"뭐? 갑자기 왜?"

갑작스런 맞은편 남자의 말에 오른쪽 남자가 물었다.

"D—1지역에 배치해 둔 '가습기'가 망가졌어."

"응? 가습기? 아아, 그 똥 뿌리개 말이야?"

"그런 불쾌한 별명으로 부르지 마. 어쨌든 가볼게."

맞은편의 남자는 한숨을 푹 내쉬었다.

"지금 안도의 한숨 내쉰 거지?"

"아니야."

"그럼 카드 까고 갈래?"

"아니."

"까고 가는 게 원칙 아니야?"

"아니야."

오른쪽의 남자가 더 이상 참지 못하겠다는 듯 웃음을 터트렸다. 맞은편의 남자 미간의 주름이 한층 더 진해졌지만 신경도 쓰지 않는 눈치다.

둘의 표정을 힐끔거리던 왼쪽의 남자가 화제를 돌리려는 듯 조심스럽게 입을 열었다.

"D—1지역이라면 새티스루카가 간 E—20지역 지척 아냐? 만나면 안부 전해줘."

"그놈 날 보면 도망칠걸. 따고서 도망친 놈 아냐?"

"그럴지도 모르지. 그럴 가능성이 높겠어!"

오른쪽의 남자는 웃음소리를 섞은 채 끼어들었다. 그를 불쾌한 듯 쳐다보던 맞은편의 남자는 다시 한번 한숨을 푹 내쉬곤 등을 돌렸다.

"간다."

"으, 응! 다녀와!!"

왼쪽의 남자가 급하게 말했지만, 맞은편의 남자는 고개를 돌리지도 않았다.

맞은편의 남자가 떠나자마자 오른쪽의 남자는 맞은편의 남자가 까지 않고 갔던 카드 패를 까보았다.

카드의 합은 22였다.

망한 패였다.

*   *   *

드워프이터와의 싸움은 의외로 힘들었다.

원인은 명백했다. 내가 수련치에 집착했기 때문이다. 24밖에 안 되는 마력 가지고 드워프이터한테 매혹을 걸어보려고 온갖 수작을 다 하다가, 결국 공격을 몇 대 허용하고 말았다.

"옷이 찢어졌잖아."

뭐, 인벤토리에 같은 게 98장이나 더 있는 헌 옷이었으니 아무래도 상관없지만 말이다.

원래대로라면 드워프이터 정도의 강적에게 초급 마법사 수준에 불과한 내 마법이 통할 리 없지만, 딱 죽지 않을 정도로만 때렸더니 간신히 통했다. 딱 한 번 성공시킨 것 가지고는 랭크 업 수련치가 부족해서, 응급치료로 치료해 주고 다시 스킬을 걸어댄 건 나와 드워프이터만 간직한 비밀이다.

그렇게 고생한 보람이 있어서 현혹 S랭크, 슬로우 S랭크, 마비 S랭크를 모두 달성했다.

얻은 경험치가 조금 부족해서 레벨 업을 못 한 건 좀 아쉽지만, 당연히 얻어야 하는 보상인 퀘스트 보상, 그러니까 금화와 기여도도 얻었고 말이다.

"금화 2만 개 달성!"

이 정도 금화면 내가 원하는 슈퍼 레어 스킬 하나쯤은 더 살 수 있을 것이다. 링링은 최소한 일만 개가 필요하다고 했지만, 내가 원하는 스킬은 가장 싼 스킬이 아니라 내게 유용한 스킬이니까 이 정도 금화는 쌓아놔야 한다.

그리고 비상시에 사용할 금화도 남겨놔야 되고.

새티스루카와 조우했을 때 부스터 앰플 살 금화 없었으면 지금 난 살아 있지도 않을 테니까. 같은 일이 두 번 발생하면 안 되겠지만, 발생하지 말라는 법은 또 없으니 보험은 들어놔야 한다.

[드워프이터의 역린]

—분류: 제작 재료

—등급: 전리품(Loot)

—설명: 드워프이터의 가슴 중앙에 난 가장 단단한 비늘. 아이러니하게도 이 비늘이 드워프이터의 약점이다. 이 약점을 찔러서

드워프이터를 쓰러뜨렸다면 역린은 얻을 수 없다.

인벤토리에 이런 재료 아이템이 들어온 것도 한 가지 반길 만한 소식이었다. 팔아서 금화로 바꿔도 되고 장비를 제작해도 되고.

자, 그럼 쌓아놓은 금화와 이 역린으로 무엇을 할지는…… 나중에 생각하자.

"일단 도망가야지."

필드 보스를 쓰러뜨리면 반드시 교단의 인퀴지터가 나타난 다……. 는 법칙이 성립하기엔 아직 논거가 많이 부족했다. 하지만 진짜로 나타나면 죽을 수도 있는데, 아무리 희박한 가능성이라도 무시할 순 없다.

"얼른 여길 떠야겠어."

[섬전 신속]

파슛!

드워프이터 공략에 체력과 마나를 잔뜩 쓰긴 했지만 레벨업으로 다 회복되어, 섬전 신속을 몇 번 쓰는 데는 큰 어려움이 없었다.

파슛! 파슛!

타이밍 좋게 섬전 신속의 재사용 대기 시간 초기화 옵션이 연속으로 터졌다. 그럼 써야지. 안 쓸 이유가 없다.

파슛!

"…어라라?!"

네 번째인가, 섬전 신속을 썼던 나는 그 자리에서 멈춰야 했다. 왜냐하면 순간적으로 보인 광경이 너무나도 인상적이었기 때문이다.

굉장한 도시였다. 거대한 바위를 파내서 만든 것 같은, 마치 화려한 부조 같은 건물들이 절벽을 등지고 서 있었다. 그리고 그 아래로는 계곡이 펼쳐져 있었는데, 그 계곡으로도 섬세한 건축물이 오밀조밀 들어차 있었다.

이렇게 화려하고 규모가 있는 도시임에도, 이제는 사람이 사는 것처럼 보이지 않는다. 버려진 도시, 유적일 것이다.

섣부른 판단이 아닐까, 굳이 확인해 볼 것도 없었다. 세 마리의 드워프이터가 건물들 사이를 돌아다니며 긴 혀를 구멍마다 쉴 새 없이 밀어 넣고 있었으니까.

이 도시가 살아 있는 도시라면 저 드워프이터와 맞서 싸웠겠지. 그러나 그런 모습은 보이지 않는다. 이미 다 털어 먹은 과자 통의 부스러기를 핥아먹듯 혓바닥을 날름거리는 저 혐오스러운 괴수들의 모습이 대신 눈에 들어오고 있었다.

"이미 수련치는 다 채웠는데 말이지."

나는 쓴웃음을 흘렸다.

[퀘스트]

　―의뢰인: 크리스티나

　―종류: 토벌

　―난이도: 극도로 위험!

　―임무 내용: 드워프의 천적, 드워프이터를 토벌하라!

　―보상: 한 마리당 금화 1,200개(+100%), 기여도 1,200(+100%),
직업 경험치 1,200(+100%)

　―아니, 왜 필드 보스가 한곳에 세 마리가 한꺼번에 몰려
있죠?

　레벨 업 마스터를 꺼내어 전원을 켜자마자, 크리스티나가
호들갑을 떨었다. 나는 쓴웃음을 흘렸다.

　"원래 네 마리였을 거야."

　한 마리는 먹을 것을 찾아 눈 토끼 고원을 향해 올라온 것
일 뿐. 원래 이들 무리의 일원이었을 것이다.

　"하긴, 이 거대한 도시를 샅샅이 뒤져 철저히 '살균'하려면
한 마리로는 힘들 테니."

　자연스럽게 내릴 수 있는 결론이었다. 만약 '교단'이 이것들
을 배치했다는 가설을 믿는다면 말이다.

　―얼른 도망쳐요.

　"그래야지."

　마음 같아선 다 잡고 가고 싶지만 그래선 안 된다. 드워프

이터 세 마리를 한꺼번에 상대하는 건 나라도 힘들뿐더러, 싸우는 도중 인퀴지터가 난입해 오기라도 하면 큰일이니까.

"쳇……."

역시 나는 아직 약하다. 조금만 더 강했다면 저 꿀 같은 사냥감들을 그냥 두고 떠나는 일은 없었을 것이다. 세 마리를 다 잡으면 경험치 3600. 레벨을 두 단계는 더 올릴 수 있는 대단한 보상이다.

"부스터 앰플 쿨타임이 끝나면 다시 돌아오겠다."

나는 다짐했다. 그때가 되면 드워프이터 놈들을 한꺼번에 다 잡고 인퀴지터를 불러들여 그놈까지 다 잡아내리라.

*　　　　*　　　　*

새티스루카의 맞은편에 앉았던 남자, 인퀴지터 프랑시안은 미간을 잔뜩 찌푸렸다.

"…엉망이군."

코드명 '가습기', 스노우 오버로드가 모조리 파괴된 것도 모자라서, 살균 대상으로 지정된 설원 엘프들의 모습이 보이지 않았다.

설원 엘프들 중 적합자가 나타나면 전도해 두라고 파견해 둔 전도사는 껍질이 홀랑 벗겨진 채 커다란 꼬챙이에 꿰여 고원의 찬바람에 펄럭거리고 있었고, 전도사의 요청으로 배치한 식인 거미들도 간 곳 없었다.

"내 관리자로서의 커리어가 엉망이 됐어."

그렇게 프랑시안이 허무하게 독백할 때였다.

나쁜 일은 항상 겹쳐서 일어난다고 누가 말했던가. 그 말을 믿은 적은 없으나, 이번만큼은 어쩔 수 없이 믿어야 할 것 같았다.

메시지가 날아왔다. 믿기 힘든, 그리고 믿고 싶지 않은 메시지가.

"D-3지역의 살균 병기가 망가졌다고?"

프랑시안의 입장에서 보자면 그야말로 재앙이었다. 편두통을 느낀 것도 잠시. 프랑시안은 빛의 날개를 펼쳤다.

"어떤 놈 짓인지 걸리기만 해봐라."

그의 모습이 그 자리에서 신기루처럼 사라졌다. 살짝 흩날리는 빛의 입자가 방금 전에 여기에 어떤 신성한 존재가 거했다는 것을 알려주고 있었으나, 그마저도 곧 없어졌다.

*　　　*　　　*

프랑시안이 공간 이동을 감행한 장소는 이미 파괴된 살균 병기가 위치한 곳이 아니었다. 아직 살아남아 있는 살균 병기들이 위치한 곳이었다.

일각에서는 드워프이터라 불리는 살균 병기 셋은 건재했다.

열심히 구멍 안에 혀를 집어넣으며 자기 일을 수행하느라 바빴다.

"흐음……."

프랑시안은 상공에 머문 채 턱을 만졌다.

"하나는 부쉈지만 남은 셋은 남아 있다, 라……. 하나를 상대하는 건 손쉽지만 셋은 부담스러웠던 걸까?"

수염 하나 없이 매끈한 턱을 매만지며 프랑시안은 미간의 주름을 한층 더 진하게 했다.

"그렇다면 만마전의 악마 놈들 짓이 아니란 뜻인데."

그의 뇌리에 떠올랐던 어떤 가설 하나가 사라진 순간이었다. 애초에 악마라면 이렇게 조용히 다니지도 않는다. 적극적으로 돌아다니며 파괴를 일삼을 것이다. 숨어 있지도 않을 테고, 교단의 인퀴지터인 프랑시안의 모습을 발견하자마자 달려들어야 정상이다.

"악마도 아니면 대체 어떤 놈 짓이지?"

악마가 한 짓이 아니라면, 다음 가설로 옮겨 갈 수밖에 없다.

설원 엘프 중에 적합자가 나타나 각성했다. 전도사가 그의 회유에 실패했고, 적합자는 스노우 오버로드와 드워프이터, 식인 거미를 모조리 처치하고 일족을 거느리고 E—20지역으로 넘어갔다.

'그런데 그게 가능한가?'

사실상 불가능에 가까운 가설이지만, 남은 가설은 그것밖에 없었다.

"아니면 지금 와서 갑자기 튜토리얼에서 플레이어가 튀어나와 다 정리했다는 가설밖에 안 남으니까."

그거야말로 말도 안 됐다. 세상의 모든 튜토리얼은 이제 기능하지 않으니까. 설령 튜토리얼에서 플레이어 졸업자가 튀어나왔다고 해도, 갓 졸업한 플레이어는 식인 거미 한 마리도 제대로 상대하지 못한다.

"…E—20지역에 가봐야겠군."

지금으로선 가장 가능성이 높은 가설에 매달릴 수밖에 없는 게 현실이었다.

"새티스루카 놈도 찾아보고."

프랑시안은 포커 치다 도망간 동료의 얼굴을 떠올렸다. 그도 망한 블랙잭 패를 버려두고 도망 왔으니 남 말 할 처지는 아니지만, 세상에는 한 가지 진리가 있다.

내가 하면 로맨스, 남이 하면 불륜.

새티스루카를 찾으면 실컷 비난하면서 스트레스를 좀 풀어야겠다고 생각하며, 프랑시안은 다시금 공간 이동을 감행했다.

Chapter 4

나는 바위 틈새에서 고개를 내밀었다.

"안 들켰지?"

―네. 들켰으면 난리 났죠.

"휴. 다행이네."

혹시나 해서 불도 안 피우고 숨어 있었는데, 진짜로 인퀴지
터 놈이 여기까지 찾으러 올 줄은 몰랐다. 놈의 등에서 존재
감을 뽐내는 빛의 날개는 멀리서도 잘 보인다. 반짝반짝.

"그냥 아무 생각 없이 드워프이터들 잡았으면 큰일 날 뻔했
네."

상정했던 최악의 사태가 일어날 뻔했다.

"이로써 필드 보스를 잡으면 관리자가 바로 날아온다는 건 확인되었군."

—안 좋네요.

"응? 아니지. 좋지."

나는 고개를 저어 보이곤 씨익 웃었다.

"내가 원할 때 언제든 관리자를 호출할 수 있다는 뜻이니까."

그렇다. 비록 지금은 이렇게 도망 다니고 숨어 다녀야 하는 몸이지만 언제까지고 이럴 필요는 없다. 조금 있으면 마이스터제 갑옷도 올 거고, 능력치 부스터 앰플 쿨타임도 끝난다. 금화도 2만 개가 모였으니 쇼핑도 할 수 있고.

그때가 되면 내가 주도적으로 먼저 인퀴지터를 사냥하고 다닐 수 있게 될 거다.

"그래도 불 못 피우는 건 좀 피곤하네."

휴식이 S랭크긴 하지만 역시 불 피우고 쉬는 것만은 못하다. 그냥 쉬는 것만으로는 마력도 잘 안 차오르고, 사실 조금 졸리기도 하다.

"빨리 인퀴지터 잡고 그 시체 위에서 캠프파이어 하고 싶어라."

내가 한숨을 푹 쉬며 그렇게 말하자, 크리스티나가 눈을 가늘게 떴다.

—그거 좀 엽기적인 발상인데요…….

"잉? 그런가?"

—하지만 그날이 빨리 왔으면 좋겠네요!

"그렇지?

생각이 일치한 우리는 낄낄대며 웃었다.

—그런 의미에서……. 링링!

나는 레벨 업 마스터의 상점 메뉴를 불러냈다. 링링이 차이나 드레스를 나풀거리며 날 맞이했다.

—네! 영웅님!

"금화 모아 왔다. 스킬 내놔."

—드리겠습니다!

"……! 고맙다!"

—별말씀을요!

사실은 이 스킬을 사기 위해서는 미리 예약을 걸 필요가 있었다. 슈퍼 레어 스킬이 말만 슈퍼 레어가 아니라, 진짜로 대단히 희귀해서 슈퍼 레어 스킬이라 부르는 것이다. 아무 때나 돈만 있으면 훌쩍 살 수 있는 부류의 것이 아니었다.

그래서 나는 지난번에 링링에게 부탁해 예약을 걸어놓았다. 살 돈도 없으면서 말이다. 꽤나 무리한 부탁이지만, 연방의 영웅이라는 타이틀의 힘인지 링링은 어떻게든 스킬 먼저 구해놓았다. 내가 돈만 구하면 언제든 살 수 있도록 배려해 준 것이다.

"…자, 금화 19,200개!"

무려 금화 2만 4천 개짜리 스킬이다. 원래라면 지금 가진 금화로도 못 살 스킬. 하지만 영웅 타이틀 효과로 20% 할인을 받았기에 구매가 가능해졌다.

때맞춰서 드워프이터를 잡을 수 있어서 정말 다행이었다. 잘못했으면 예약도 풀리고 스킬도 넘어갔을지도 몰랐으니. 그러나 모든 것이 잘 풀려, 이 스킬은 내 수중에 들어왔다.

가진 금화의 양이 쭈욱 줄어든 건 뼈아프지만, 그 대신 내 인벤토리에 들어온 스킬 북이 나를 뿌듯하게 만든다.

[안정된 호흡(Healing Breath)]
—등급: 매우 희귀(Super Rare)
—숙련도: 연습 랭크
—효과: 숨만 쉬어도 강해짐.

매우 심플한 효과. 게다가 뭔가 사기 같다. 숨만 쉬어도 강해진다니. 하지만 이건 세부 효과를 봐야 한다.

—[안정된 호흡] 연습 랭크 세부 효과
—안정된 호흡으로 생명력과 체력을 회복하고, 스킬을 오래 지속하면 모든 능력치가 천천히 상승한다. 최고 5%까지 상승시킨다.
—전투 상황에는 안정된 호흡으로 인한 회복력이 20%로 제한

되고 전투 돌입 직전까지 받고 있던 능력치 상승효과가 3배로 상승한다. 안정된 호흡 스킬을 활성화했던 시간과 비례해서 능력치 상승효과가 지속된다.

　세부 효과까지 들여다보면 이 안정된 호흡이라는 스킬이 갑자기 매우 구려 보인다. 하지만 이게 연습 랭크의 효과에 불과하다는 걸 염두에 둬야 한다. S랭크까지 성장시키고 보너스까지 받으면 적지 않은 효과를 낼 것이다.

　게다가 내 경우 기본 능력치가 높은 탓에 능력치를 부스트해 주는 스킬이면 뭐든지 즉각적인 전력 향상에 큰 도움이 된다. 그건 이미 부스트 앰플을 맞아본 덕에 몸으로 직접 경험해서 아는 사실이다.

　"자, 그럼 수련해 볼까?"

　나는 스킬 북을 펼쳐 스킬을 습득했다. 그러자 익히 예상한, 하지만 내가 예상했던 것하고는 조금 다른 시스템 메시지가 떴다.

　―동일 계열 스킬을 4개 이상 소유하고 있습니다.

　―[안정된 호흡], [휴식], [캠프파이어], [응급치료]

　―스킬 초융합이 가능합니다. 실행하시겠습니까?

　[주의!] 융합에 사용한 스킬은 다시 얻을 수 없습니다.

"…초융합?"

그건 또 뭐야? 내가 그 의문을 입 밖에 내기도 전에 시스템 메시지가 떴다.

[스킬 초융합]
　─동일 계열의 스킬 4개를 융합하여 일반적인 융합으로 얻는 것보다 강력한 [융합 스킬]을 얻을 수 있습니다.
　─스킬 초융합으로 얻는 융합 스킬은 완전히 새로운 특성들을 얻게 됩니다.
　─숙련도는 가장 높은 융합 재료 스킬의 것보다도 높아집니다.
　─랭크는 가장 높은 쪽을 따라갑니다. 랭크가 같은 두 스킬이 존재하고, 두 스킬의 랭크가 가장 높다면 랭크는 더 높아질 수 있습니다. 세 스킬의 경우에는 확실하게 높아집니다.
　─강화 단계는 더 높은 쪽을 따라갑니다.

나는 주의 깊게 설명문을 읽었다. 혹시 오독하는 부분이 있을까 한 구절 한 구절, 세심하게 뜯어보았다.

쉽게 결정을 내릴 사안이 아니었다. 기존 스킬 세 개가 날아가는 거니까.

원래 안정된 호흡 스킬은 휴식 스킬과 합성을 시킬 생각이었다. 휴식과 안정된 호흡은 너무 확실하게 같은 계열의 스킬이었으니까.

그런데 캠프파이어와 응급치료까지 같은 계열로 분류될 줄이야. 이건 예상 못 했다.

두 스킬 모두 여기서 융합으로 소모해 버리기엔 아쉽다. 아쉽지만…….

"초융합으로 얻는 이점이 너무 크지."

물론 융합 스킬로도 섬전 신속이라는 유니크 스킬을 얻긴 했다. 하지만 그건 확률적으로 얻은 거였고, 다시 말해 운이 좋아 얻은 거였다.

그뿐만이 아니다. 랭크 초월도 그렇다. 원래대로라면 A랭크가 한계였지만 나는 내 고유 특성인 한계돌파 덕에 S랭크까지 올릴 수 있었다.

그러나 S+랭크는 한계돌파로도 얻을 수 없다. 이것도 운이 좋아 얻은 것이다.

아무리 지금 내 행운 능력치가 50이라지만, 이 두 옵션을 또 얻을 수 있을까? 둘 모두 희박한 확률로 얻게 되는 옵션인데?

그런데 초융합을 실행하면 이 모든 확률이 100%가 된다.

"링링, 응급치료 재고 들어왔어?"

지난번에 다섯 권을 한꺼번에 사는 바람에 재고가 똑 떨어졌었다. 5강에 도전했지만 실패했었고, 이번에 5강을 노려볼 생각이다.

―네. 한 권 들어왔어요.

"그럼 그거 줘."

—네!

20% 할인한 가격이 금화 80개. 손에 남은 금화의 개수가 확 줄어서, 금화 80개도 부담스러웠다. 능력치 부스터 앰플을 구매할 금화 500개를 남겨야 한다는 걸 생각하면 더더욱.

부스터 앰플 예산을 빼고 나니 이제 남은 금화는 2,000개가 안 된다. 아슬아슬하다. 만약 이번 강화에 실패하면 다른 스킬의 강화를 노리거나 융합 자체를 다음으로 미뤄야 한다.

"믿는다, 행운 50!"

나는 주먹을 불끈 쥐었다. 그리고 강화를 승인했다.

—강화에 성공하셨습니다.

[응급치료]+5

"흐억! 후아……."

다행이다. 이거 실패했으면 휴식을 다섯 권 사서 5강에 도전해야 했을지도 모르니. 그럼 깨지는 금화가 아무리 적게 잡아도 400개다. 더 들 수도 있고.

그런 상황을 맞이하지 않게 해준 내 행운 50에 건배. 사실 다른 능력치가 다 99+라 미배분 능력치를 배분하지 못하기에 울며 겨자 먹기로 투자한 거지만, 이 투자는 틀림없이 대박이었다.

행운이 실제 전력 상승에 도움이 안 된다고 한 게 누구냐! 나는 아니다!!

하지만 아직 도박은 끝나지 않았다. 사실은 이제부터가 더 중요하다.

나는 눈을 꾹 감았다가, 다시 떴다. 결심은 금방 굳었다.

"캠프파이어, 응급치료…… 고생 많았다."

이제까지 잘 써먹던 두 스킬과의 인연도 여기까지인 모양이다. 거지 같은 수련치 내용 때문에 올리느라 고생도 많았고, 그 고생이 무의미하지 않게 느껴질 정도로 좋은 스킬이기도 했지만 어디까지나 보조 스킬.

앞으로 나아가기 위해서는 잘라내야 하는 것도 생기는 법이다.

"이제 안녕."

─스킬 초융합에는 스킬 포인트 129가 필요합니다.
─스킬 초융합을 실행하시겠습니까?

초융합 정도 되니 드는 스킬 포인트도 무겁군. 하지만 스킬 포인트를 꽤 쓴 것 같은데 아직도 999+니 이 정도야 별 부담도 아니다. 적어도 내 판단을 바꿀 만한 양은 아니었다.

나는 스킬 초융합을 승인했다.

―스킬 초융합을 실행합니다.

*   *   *

[진리대마공(Lightning Blaze Force)]+5

―등급: 전설(Legend)

―숙련도: S++랭크

―효과: 진리대마교 대종사 천시영이 창안한 마공. 이 마공으로 천시영은 중원 무림을 제패하고 천하제일인의 칭호를 얻었다고 한다.

우와, 전설급에 S++랭크 스킬이라니! 시스템 메시지에 눈이 부시다. 실제로 눈이 부신 반짝이 효과 같은 건 들어가 있지 않았지만 내가 느끼기엔 그랬다.

그런데……. 이게 뭐지?

"진리대마공?"

나는 입으로 소리 내어 융합으로 나온 새로운 스킬의 이름을 읊어보았다.

"????"

소리 내서 읽었는데도 이해가 되기는커녕 오히려 왜 의문만 더해지는 것일까.

"나는 분명히 회복계 스킬을 네 개 융합시켰는데 왜 마공이 튀어나오지?"

무공 스킬을 섞은 것도 아닌데 말이다. 더군다나 나한테는 내공 능력치도 없다.

"아니, 아직 실망하기엔 이르지."

스킬의 호오는 세부 효과까지 잘 읽어보고 나서 판단해야 한다. 특히나 등급이 높은 스킬은 더욱 그렇다. 나는 긴장한 탓에 손에 땀마저 쥐고 스킬 세부 효과를 열람했다.

[진리대마공] S++랭크 세부 효과

[진리마신][패시브] 모든 기본 능력치가 상승한다.

―S++랭크 보너스 능력치 +33.3%

[진리마심][패시브] 마력이 상승한다.

―S++랭크 보너스 마력 +50

―[숨겨진 옵션]

[진리대주천]: 집중력을 발휘하여 진리대마공의 수련에만 몰두한다. 수련 중 마력 능력치가 축적되며, 생명력과 마나를 빠른 속도로 회복한다. 걸려 있는 상태이상이 있다면 가벼운 것부터 하나씩 차례차례 해제된다.

[주의!] 진리대주천 중 공격받으면 [주화입마]의 가능성이 있다.

―현재 축적된 마력 +0

―[숨겨진 옵션]

[진리활화]: 진리대마공의 마력을 활성화하여 즉시 모든 피해와

상태이상을 무효화한다. 진리활화가 [진리마신]의 보너스를 3배로 증가시키고 체력을 무제한적으로 회복하며 불 속성 스킬과 전기 속성 스킬의 효과를 3레벨 증폭시킨다. 활성화의 유효 시간은 진리대마공의 랭크와 그동안 축적된 마력의 양과 비례한다.

　─현재 활성화 가능 시간: 180초

　─[숨겨진 옵션]

"……."

정신을 잃을 것 같다.

물론 너무 좋아서.

마공인데 왜 내공이 안 오르고 마력이 오르지? 같은 의문은 지극히 사소해서 떠올릴 필요도 없다. 숨겨진 옵션이 세 개나 되지만 이게 좋은 일이지 나쁜 일은 아니다.

그냥 좋다. 마냥 좋다. 다 좋다.

나는 행복했다.

금화를 2만 개나 썼지만 하나도 아깝지 않았다. 사실 융합된 스킬들 목록과 그걸 S랭크까지 올린 수고도 계산해야 하지만 전혀 손해 봤다는 느낌이 안 들었다.

"감사합니다, 천시영 사조 어르신."

나는 얼굴도 본 적 없는 나의 스승에게 감사했다.

"이게 다 스승님 덕분입니다."

그가 진리대마공을 창안하고 무림의 전설에 이르도록 온

강호에 그 위명을 떨쳤기에 이 스킬이 전설에 남은 것이고, 그래서 지금 내가 이 레전드 스킬을 얻을 수 있었다.

아니, 이름이 천시영이려면 여자였으려나? 아무런 문제가 없었다. 오히려 좋았다. 남자였어도 좋았겠지만 말이다.

세상이 온통 반짝반짝 빛나 보인다. 삶이란 건 참 아름다운 거다. 나는 알고 있었다. 그렇지만 이 스킬을 얻기 이전까지는 몰랐던 것 같다.

사실 다른 옵션은 다 제쳐두고, 딱 하나만 봐도 되었다. [진리마신]으로 능력치가 33.3% 오른다는 것과, [진리활화]를 통해 그 보너스를 3배로 끌어올릴 수 있다는 것.

합치면 99.9%. 반올림하면 100%다. 능력치 부스터 앰플의 효과와 대동소이하다.

그럼 뭐다?

후하하하하!

우렁찬 웃음소리가 온 산맥을 뒤덮었다.

잘못하면 인퀴지터에게 들킬지도 모른다고?

그건 내가 신경 쓸 일이 아니다.

"이제 내가 너 이긴다!"

내가 더 세졌으니까.

그러니 더 이상 인퀴지터가 두려워 덜덜 떨 이유가 없다. 숨어 다닐 필요도 없다. 숨소리도 죽이고 조용히 사는 것도 이걸로 끝이다.

"자, 그럼 아껴뒀던 간식을 먹으러 가볼까?"

메인 디시에 앞서, 에피타이저를 시식해 봐야겠다.

물론 여기에서 에피타이저는 드워프핥기, 메인 디시는 인퀴지터다.

*　　　*　　　*

새티스루카를 찾아 E—20지역을 방황하던 프랑시안은 출력된 메시지의 내용을 보고 눈을 크게 떴다.

　—D—3지역의 살균 병기가 파괴되었습니다.
　—D—3지역의 살균 병기가 파괴되었습니다.
　—D—3지역의 살균 병기가 파괴되었습니다.

"이런 일이 있을 수 있나……?"

일반적으로는 불가능하다. 이 지역 전체를 총괄하는 관리자인 프랑시안은 단언할 수 있었다. 살균 병기는 결코 약하지 않다. 애초에 이 지역의 잡균들이 절대 항거할 수 없는 강력한 존재이기에 살균 병기라는 명칭이 붙은 것이다.

프랑시안이 아는 한, 이런 짓이 가능한 상대는 한정되어 있었다.

그리고 그중에서 가장 가능성이 높은 것은…….

"새티스루카, 이 새끼가 미쳤나?"

프랑시안과 같은 위치의 관리자였다.

"이 짓거릴 벌이는 게 새티스루카라면 분명 앞뒤가 다 맞아."

새티스루카라면 식인 거미와 스노우 오버로드, 그리고 살균 병기 모두를 처치할 수 있다. E-20지역을 아무리 뒤져봐도 새티스루카의 모습이 보이지 않는 것도 설명이 된다. 문제는 왜 이런 짓을 벌이는가, 정도다. 그러나 프랑시안은 그 부분을 매우 쉽게 풀어냈다.

"이 녀석, 배신했군."

인퀴지터가 교단을 배신하고 만마전에 소속되는 것도 아예 없는 일은 아니다. 악마들은 타락을 좋아하니까. 더군다나 그 대상이 이런 외딴 세계에서 비밀 임무를 수행 중인 인퀴지터라면 더 말할 것도 없다.

새티스루카가 악마의 유혹에 넘어간 건지, 아니면 자신의 의지로 만마전에 접촉했는지는 중요하지 않다.

옛 동료가 자신들을 배신했다는 결론에 도달한 프랑시안은 새하얗게 웃었다.

이미 지금 일어난 사태만으로도 프랑시안은 관리자로서의 커리어에 큰 흠집을 입었다. 그러나 그 흠집을 남긴 상대가 만약 배신자 새티스루카라면 어느 정도 정상참작이 될 것이다.

거기에 만약 프랑시안이 직접 타락한 배신자를 잡아들인다면?

분명 교단은 그의 홈집보다 공에 주목할 것이다.

"녀석을 죽임으로써 얻을 수 있는 막대한 포지티브 카르마는 덤이지."

프랑시안이 기억하기에 새티스루카는 네거티브 카르마를 1만 이상 쌓아두고 있었다. 그런 그를 처치한다면 포지티브 카르마를 최소한 천 이상 얻을 수 있다는 소리다. 덤은 덤이지만 덤치곤 꽤 크다.

입안에 고인 군침을 꿀꺽 삼키곤, 프랑시안은 곧장 공간 이동을 준비했다.

"일이 이렇게 되어 매우 안타깝지만, 내 손에 죽어줘야겠어. 새티스루카!"

그의 몸이 광휘에 휩싸였다.

*   *   *

나는 드워프이터 세 마리를 전부 죽이고 후욱 숨을 몰아쉬었다.

체력이 꽤 달린다. 진리대마공의 패시브로 기본 능력치와 마력이 꽤 상승하긴 했지만, 그래도 역시 세 마리를 동시에 상대하는 건 힘에 부치는 일이었다.

진리대마공의 진리활화를 켰으면 훨씬 수월하게 상대할 수 있었겠지만 그건 자살행위나 다름없다. 진리활화는 곧 찾아올 인퀴지터를 위해 남겨놔야 했으니까.

필드 보스급 토벌 퀘스트 보상도 마찬가지다. 수령하면 지난번에 받았던 경험치와 합쳐 바로 레벨 업을 할 수 있지만, 나는 일부러 보상을 받는 걸 유예했다. 당연히 필요할 때마다 레벨 업을 하기 위해서다.

"자, 그럼……. 올 때가 됐지?"

나는 적당한 곳에서 대기했다. 기다림은 그리 길지 않았다.

교단의 인퀴지터는 지난번에 나타났을 때와 마찬가지로 광휘에 휩싸여 나타났다.

아무래도 나타나는 좌표가 정해져 있는 듯, 똑같은 위치에서.

가설이 증명되었군. 그렇다면 그 보상을 받아야지.

나는 미리 방열해 둔 [천자총통]으로 [마법포 발사] 스킬을 사용했다. 쾅! 사격 위력에 13레벨 보너스가 붙은 강력한 마법포탄이 인퀴지터를 향해 날았다. 펑! 명중했다!!

[자동 재장전]

당연하다시피 발동된 자동 재장전의 패시브 효과를 이용해, 다시 한번 발사. 쾅! 쾅! 쾅! 쾅! 5연사! 좋구나!

진리대마공의 패시브로 얻은 마력 보너스 50의 효과는 드워프이터를 잡을 때 이미 십분 만끽했다. 단순 계산으로 그 위력이 3배 넘게 늘어났으니 말이다. 애초에 그 마력 보너스가 없었으면 마나가 달려서 이런 연사도 못 한다.

자, 단순 계산으로 15배의 위력을 지닌 마력포 연사다. 제아무리 교단의 인퀴지터라 한들, 이 연사에 생채기 정돈 났겠지?

[간파]
─[인스턴트 익스플로전]

답은 내 스킬이 대신 해줬다. 그리고 동시에 나는 직감했다. 저 [인스턴트 익스플로전]이라는 공격을 [흡수/방출]하기엔 내 스킬 랭크가 부족하다고.

"제길!"

그렇다면 피할 수밖에 없지. 나는 방열했던 천자총통을 그대로 집어 들고 몸을 피했다. 연사로 인해 과열된 천자총통은 매우 뜨거웠으나, 나는 그 뜨거움을 느끼지 못했다.

콰앙!

내 등 뒤에 작렬한 폭발이 훨씬 더 뜨거웠기 때문이다.

"큭!"

나는 허공에서 몸을 돌려 그대로 착지했다. 등판이 죄다 달궈지는 피해를 입긴 했지만 견딜 만했다. 방어구에도 돈을 좀 쓸 걸 그랬나? 하지만 그랬다면 진리대마공을 얻지 못했을 테니 결과야 같았을 것이다.

"벌레가……!"

뒤를 돌아보니 황금빛 광휘에 휩싸인 인퀴지터가 날 노려보고 있었다.

"네놈을 그냥 죽이지는 않겠다!!"

[간파]

―[인페르날 스톰]

오, 와. 호화롭기도 하시지. 스킬 이름이 무려 지옥 불 폭풍이다. 그리고 그 스킬 이름대로 고열 폭풍이 날 중심으로 휘몰아치고 있다.

폭풍의 눈에 위치한 내겐 불꽃이 직접적으로 오진 않지만, 그렇다고 고열로 인한 피해는 막을 수 없다.

온몸이 바싹 마른다!

"천천히 말라 죽는 고통을 느껴라. 벌레 주제에 감히 내게 공격을 한 벌이다."

다행이다. 놈은 날 얕잡아 보고 있다. 반대로 보자면 내 마법포 포격이 그만큼 별로 효과적이지 않았다는 의미도 되어서 좀 씁쓸하긴 하지만.

이대로 있으면 죽는다! 위기감이 내 척수를 타고 짜릿짜릿하게 흘러 들어왔다.

"헤헷……."

그 위기감을 느끼며, 나는 나도 모르게 웃음을 흘리고 말았다. 어쩔 수 없었다. 기분이 너무 좋았으니까. 위기를 스스로의 힘으로 극복하는 데서 오는 쾌감을 숨기기란 지나치게 어려운 일이었다.

나는 스킬창을 열어 즉시 [흡수/방출] 스킬을 A랭크로 랭크 업 시켜주었다. 그러자마자 인페르날 스톰을 향해 왼손을 뻗었다. 직감적으로 저지른 행동이었다.

[흡수]

그러자 인페르날 스톰의 막대한 열에너지가 내 왼손으로 빨려 들어오기 시작했다. 이럴 줄 알았으면 미리 [흡수/방출] 스킬 랭크 업을 해둘 걸 그랬지? 그럼 인스턴트 익스플로전도 흡수할 수 있었을지도 모른다.

뭐, 후회해 봐야 소용없는 일이다. 내가 선택한 일이기도 하고 말이다. 모자라는 경험치 끄트머리를 흡수/방출 랭크 업으로 채울 수 있을지 없을지 내가 어떻게 미리 알겠는가?

어쨌든 A랭크 [흡수]는 인페르날 스톰을 거의 다 흡수했다. 왼손이 지나치게 뜨겁긴 하지만, 순조롭게 인퀴지터의 공격을 받아칠 수 있을 것처럼 보였다.

그러나 그것이 착각에 지나지 않았음을 깨닫는 데는 많은 시간이 필요하지 않았다.

"음? 스킬 랭크 업이라도 했나 보군. 머리 좀 쓰는데?"

인퀴지터가 날 보며 키득거렸다. 그러나 그것도 잠시. 인퀴지터의 몸에서 광휘와 같은 마력이 뿜어져 나왔다.

"하지만 그것도 여기까지다. 죽어라."

그동안 뿜어냈던 인페르날 스톰의 화력은 그저 힘 조절을 한 것에 불과하다는 듯, 불꽃의 열기와 폭풍의 기세가 단번에 서너 배까지 증강되었다. 그리고 폭풍의 눈에 있던 날 향해 불꽃이 직접적으로 닿기 시작했다.

"크아아아악!?"

―[흡수]에 실패했습니다.

시스템 메시지가 울렸다. 그리고 미처 흡수하지 못한 지옥불에 의해 내 왼손이 일순간 만에 탄화되었다! 단번에 신경이 끊겨 나가는 고통은 끔찍하다는 말로도 부족했다.

이럴 수가! 내가 오만했다. 이 방법으로 위기를 극복할 수 있을 거라고 생각했지만, 실제로는 이것만으론 턱도 없었다. 현실은 냉혹하다.

[진리대마공]― [진리활화]

결국 진리활화의 힘을 빌리지 않고선, 인퀴지터 상대로는 이빨도 안 박힌다는 걸 새삼 확인했을 뿐이다.

진리활화의 효과로 모든 피해와 상태이상이 즉시 회복되고, 기본 능력치가 증폭했다. 그럼으로써 나는 이전에는 능력치 부스터 앰플을 써서 보았던 초월의 세계를 다시 한번 경험하게 되었다.

이전보다도 훨씬 날카롭게 벼려진 직감이 날 지배한다. 뭘 어떻게 해야 할지 생각할 필요는 없다. 생각하기도 전에 이미 나는 움직이고 있었다.

[섬전 신속]- [깜박임]

눈을 잠깐 깜박였을 뿐인데, 나는 인페르날 스톰의 영향권 바깥으로 이미 나와 있었다. 그리고 그런 내 모습은 말 그대로 보이지 않았을 것이다. [깜박임] 효과로 궤적조차 남기지 않고 움직였다. 눈으로는 결코 내 움직임을 알아챌 수 없다.

"뭣?!"

역시. 인퀴지터가 놀라는 목소리가 통쾌하다. 당연히 끝까지 떠들게 놔둘 생각 따위는 없었다. 마침 재사용 대기 시간이 초기화된 섬전 신속이 여기에 있다. 나는 곧장 움직였다.

[섬전 신속]- [꿰뚫기]

파슛!

내 입장에서야 잘 보이지 않는다. 눈을 감았다 뜨면 다음 장소로 이동해 있을 뿐인 스킬이 섬전 신속이었으니까. 그러나 내 직감은 섬전으로 화한 내 몸이 인퀴지터를 꿰뚫고 나와 뒤를 잡았음을 알려주었다. 아니, 정확히는 알기 전에 깨달았다.

"으억……!"

인퀴지터의 입에서 비명 소리가 들렸다. 뒤를 돌아보니 인퀴지터의 배 부분에 커다란 구멍이 뚫려 있었다. 저 구멍이 내가 지나온 경로일 것이다.

저 큰 상처를 입고도 죽지 않다니 굉장한 생명력이로군. 과연 인퀴지터. 하지만 내겐 다음 수가 있다.

[초절강타]

이걸로 끝이다. 새티스루카도 단번에 죽여 버린 일격기. 아니, 그때보다도 더 강력한 일격이다. [천자총통]의 공격력은 장식이 아니니까. 내 팔에, 전신에 신적인 힘이 깃들었다.

꽈릉!

마치 천둥이 치는 것 같은 소리는 뒤늦게 따라왔다. 그 소리가 들릴 때 내 일격은 이미 인퀴지터를 후려친 뒤였다.

"!"

시각 정보보다도 먼저 직감이 날 지배했다. 나는 즉시 스킬을 발동했다.

[섬전 신속]

파슷!

내가 쓸 수 있는 가장 확실한 회피 스킬. 이것보다 좋은 수
는 없었다. 나는 최선을 다했다. 그러나 내 절망이 내 직감 위
를 꺼멓게 뒤덮었다.

[간파]
―[힘의 말: 죽어라!]

"으억!"

나는 고통의 비명을 내질렀다. 전신의 세포가 전부 한꺼번
에 비명을 지르는 것 같은 감각이었다. 심지어 신경이 이어져
있지 않은 머리카락 한 올 끝마디마저도!

"…내 힘의 말로도 죽지 않다니, 정말 놀랍군……. 더 이상
벌레라 부를 수 없겠어."

그건 내가 할 소리였다. 인퀴지터는 멀쩡해 보였다. [섬전 신
속]― [꿰뚫기]로 입힌 구멍은 여전히 남아 있었고, 출혈이 심
해져 오히려 더 상처가 커 보였지만 어쨌든 살아 있었다.

말도 안 되는 일이다. 어떻게 진리대마공의 진리활화로 강

화한 내 초절강타를 버텨낼 수 있었던 거지? 그 의문에 대한 답은 [간파]로도 풀어낼 수 없었으나, 나는 두 배로 높아진 직감을 통해 추측해 냈다.

뭔지는 몰라도 이 녀석에게는 즉사를 방지하는 어떤 수단이 존재한다.

*　　　*　　　*

놈은 [섬전 신속]─ [꿰뚫기]로는 배에 구멍이 뚫리는 큰 피해를 입었다. 그런데 [초절강타]에만은 전혀 피해를 입지 않았다. 죽음에 이르는 공격을 막아낼 수 있는 특수한 스킬이나 특성이 없다면, 이 상황을 설명해 낼 수 없다.

제길…….

입이 벌어지질 않았다. 혀가 움직이질 않았다. 입이나 혀뿐만이 아니었다. 몸 전체가 내 의지를 거부하고 있었다. 방금 전에는 비명을 질렀는데……. 잘 생각해 보니 그건 내 의지가 아니라 내 입이 멋대로 내지른 것 같았다.

"움직일 수 없겠지. 힘의 말을 받고 죽지 않았더라도, 죽음의 기운은 남으니까……. 크윽. 허억, 헉."

인퀴지터는 의기양양하게 선언하려다가도, 거칠게 숨을 몰아쉬며 신음을 토해냈다. 그야 그렇다. 몸 한가운데 저렇게 큰 구멍이 나놓고도 멀쩡하면 말도 안 되지.

"이 힘, 이 능력. 보아하니 네놈이 새티스루카를 죽인 것이 겠군."

그런데 인퀴지터 놈의 호흡이 점차 편해지고 있었다. 그렇게 컸던 상처가 천천히 아물어가고 있었다. 저 녀석, 자동 재생 능력까지 갖고 있는 건가?

"능력으로 보나 가능성으로 보나 아까운 인재다. 그렇지만 이단심문관을 살해한 죄는 그 무엇으로도 갚을 수 없지."

인퀴지터의 오른손에 힘이 모이고 있다. 마력이다. 타인의 마력을 감지할 수 있게 된 건 최근 마력이 잔뜩 올랐기 때문일 것이다.

"네게 내릴 판결은 오직 하나, 사형뿐이다."

아니, 중요한 건 그게 아니다. 중요한 건 저걸 맞으면 확실히 죽는다는 것이다.

죽는다? 내가?

딱 한 번 잠깐 잘난 척을 한 것뿐인데? 그 실수 한 번 때문에 이렇게, 인류연맹도 어딘지 모르는 변방의 세계에서?

"때가 되었다. 받아들여라."

인퀴지터가 날 향해 오른손 검지를 내밀었다.

[간파]
—[데스 레이]

인퀴지터의 손가락 끝에서부터 죽음의 광선이 뻗어 나오는 것이 아주 느릿하게 보였다. 진리활화로 인해 극단적으로 끌어 올려진 직감 덕일까.

움직여! 안 움직이면 죽는다! 아무리 소리쳐도 소용없었다. 이미 반란을 일으킨 내 전신의 세포는 내 명령을 들을 생각조차 없어 보였다.

죽음의 광선이 정확하게 내 심장을 꿰뚫었다.

*　　　*　　　*

프랑시안은 자신이 내쏜 죽음의 광선에 꿰뚫린 벌레를 무심히 내려다보았다.

'이놈이 새티스루카를 죽인 범인이 아닐 수도 있어.'

이미 결론을 내렸음에도 잡념이 멋대로 솟아 나왔다. 확실한 근거 따위는 어디에도 없었고, 그저 '충분히 위협적'이라는 모호한 근거만이 전부였으니 당연하다면 당연한 추론이었다.

그러나 프랑시안은 고개를 저어 잡념을 쫓아냈다.

"그래도 날 상처 입혔으니, 그 죄는 죽어서 갚아야지."

교단의 법도보다 자신의 법도가 우선. 프랑시안의 지론이었다. 물론 '들키지 않는 선에서'라는 전제가 붙긴 하지만, 이런 변방에서 누가 감히 그를 심판할까?

프랑시안은 인퀴지터였고, 이 지역의 관리자 또한 그였다.

인퀴지터는 이단에 대해 즉결심판권을 지니며, 관리자는 관리하는 지역에서 판결권을 가진다. 물론 내린 판결에 대해 상부에 보고할 의무가 있긴 하지만, 그 보고 서류를 작성하는 것마저 프랑시안이다.

그리고 이미 모든 것이 끝났다.

판결은 이미 내려졌다.

사형.

끝.

이제 남은 것은 보고서를 어떻게 꾸며서 상부에 보고할까에 대한 고민만이 남았을 뿐……. 그럴 터였는데.

"후, 후하하! 후하하하하!!"

웃음소리가 터져 나왔다.

그 웃음소릴 들은 프랑시안은 온몸의 솜털이 쭈뼛 서는 감각에 전율했다.

동시에 그의 직감이 고래고래 소릴 질렀다.

도망치라고.

그리고 프랑시안은 알게 되었다.

푸하악.

이미 늦었음을.

"어억……!"

하반신이 통째로 날아갔다! 그럼 이 고통은 뭐지? 환지통인가? 프랑시안은 고통에 미쳐 이상한 생각을 했다. 지금 해선 안 될 생각이다. 도망칠 생각부터 했어야 했는데……

퍼어억!

그 후회가 미처 다 끝나기도 전에 그의 왼쪽 어깨가 통째로 날아갔다.

"끄허억!!"

프랑시안의 비명에 섞여, 적의 목소리가 들렸다.

"즉사만 회피하는 게 맞나 보군."

그 말이 맞았다. 프랑시안의 고유 특성 [즉사 방지]는 오로지 일격에 목숨이 날아가는 걸 방지해 줄 뿐이다. 하반신이 날아가고 왼쪽 어깨가 쪼개져도 바로 죽진 않는다. 이런 상황에서 [즉사 방지] 특성은 아무런 소용이 없었다.

그러나 프랑시안에게 고개를 끄덕일 여유 따윈 없었다. 다음 일격이 오른쪽 어깨를 노리고 날아들고 있었으므로.

"주……. [죽어라!!]"

프랑시안은 [힘의 말: 죽어라!]를 사용했다. 하반신과 왼쪽 어깨를 잃었음에도 힘의 말을 자아낼 수 있었던 건 찰나간에 기적적인 집중력이 생겨난 덕이었다. 다행히 스킬은 발동했고, 스킬의 효과에 의해 상대의 움직임이 덜컥 멈췄다.

좋아, 살았다. 고, 생각할 수 있었던 건 1초 미만에 지나지 않았다.

"고맙군."

이름 모를 벌레, 아니, 악마는 그야말로 악마 같은 미소를 지었다. 뭐가 고맙다는 거지? 그보다 왜 안 죽는 거지? 프랑시안은 혼란 속에서도 풀리지 않는 의문에 대한 답을 어떻게든 찾아내었다.

그래, 이놈은 악마다. 만마전의 악마가 틀림없다. 아니라면 이렇게 강할 수가 없다. 아니라면 [힘의 말: 죽어라!]를 두 번이나 맞고도 살아 있을 리가 없다.

'이건 함정이었어!'

프랑시안은 한탄했다. 왜 새티스루카를 의심했을까? 만마전의 악마가 이런 변경까지 올 리 없다고 왜 지레 판단했을까? 새티스루카가 사라진 걸 보자마자 바로 돌아가 보고부터 했어야 했는데……. 그러나 후회는 이미 늦었다.

악마는 팔을 들어 올려, 다음 일격을 준비하고 있었다. 그리고 프랑시안에겐 그걸 회피할 능력도, 기력도 없었다. 그는 이미 절망에 빠져 있었으므로.

퍼억!

"끄아아아아악!!"

결국 오른쪽 어깨마저 잃고 프랑시안은 비명을 내질렀다. 이로써 사지와 오장육부를 다 잃었음에도, 프랑시안은 아직 살아 있었다. 그야 당연했다. 그 어떤 물리적 피해를 입더라도 [즉사 방지]는 그를 살려둔다.

이런 '살아 있기만 한 상태'가 어떤 의미가 있는지는 둘째 치고서라도.

프랑시안은 자신이 지닌 즉사 방지 고유 특성이 나쁘다고는 단 한 번도 생각해 본 적이 없으나, 악마에게 사로잡히게 된다면 이야기가 달라진다.

그는 죽지 않기에 세상 끝날 날까지 악마에 의해 고문당할 수도 있었다. 만약 그가 그 운명에 달한다면, 즉사 방지는 그저 저주일 뿐이다.

프랑시안은 끊어진 희망으로 인해 흔들리는 동공으로 악마를 바라보려고 했다.

그런 프랑시안을 향해 악마는 속삭였다.

"[죽어라]."

프랑시안의 흔들리던 동공이 경악으로 인해 급격히 확대됐다.

대체 어떻게 이 악마가 자신의 고유 스킬인 [힘의 말: 죽어라!]를 사용할 수 있는 걸까? 그것을 제대로 궁금해하기도 전에 프랑시안의 전신이 죽음의 힘에 의해 사로잡혀 뻣뻣하게 굳어버렸다.

[힘의 말]은 프랑시안의 고유 특성인 [즉사 방지]를 뚫고 그를 죽일 수 있는 얼마 되지 않는 수단이었다. 자신의 스킬에 의해 자신이 죽는다는 건 실로 받아들이기 힘든 일이었으나, 프랑시안에게 다른 선택지는 남아 있지 않았다.

아니, 오히려 다행한 일일 수도 있었다.

프랑시안의 고통은 끊어졌으니까.

목숨과 함께.

*　　　*　　　*

[진리불사 L.B. Surge]
─진리활화 발동 중 빈사에 이르면 추가 발동. 진리활화의 남은
활성화 시간을 절반으로 줄이고 그 시간 동안 죽지 않는다.
[주의!] 진리불사가 끝난 후, 생명력이 1이 된다.

"진짜 죽을 뻔했네."
나는 정신적으로 완전히 탈진한 상태로 드러누워 스킬창을
바라보았다. 이 진리불사는 진리대마공 진리활화의 하위 항목
에 숨겨져 있던 추가 특성이다. 설마 발동 조건이 진리활화 중
빈사까지 몰리는 것일 줄이야. 생각도 못 했다.
이 생각도 못 했던 변수인 진리불사가 없었으면 나는 죽었
다. 결과적으로는 불확정 요소에 목숨을 건 셈이 된 것이다.
"하……."
나는 긴 한숨을 내쉬었다.
또 죽을 뻔했다. 또 운 좋게 죽음의 위기를 넘겼다.
이번 싸움에서 얻은 교훈이란 고레벨 플레이어를 상대로
절대 방심해선 안 된다는 진리였다. 사실 이미 알고 있던 진리
였으나, 뒤늦게나마 몸으로 느꼈다.

아무리 능력치로 압도해도 상성인 스킬이나 특성에 말릴 수 있다던, 튜토리얼 세계에 입장하기도 전에 스터디 그룹에서 흘려들었던 이야기가 지금 와서 뼈에 치밀 줄은 몰랐다.

설마 즉사 방지 같은 걸 들고 있었을 줄이야.

"아……! 아~~~!!"

나는 내 양손으로 얼굴을 꾹 누른 채 소릴 질러댔다.

쪽팔려!

진리대마공을 얻은 직후, 인퀴지터고 뭐고 다 죽여 버리겠다며 자신만만해했던 내 행동이 부끄러웠다.

이제 다시는 나대지 말아야지.

그래도 이번 싸움으로 얻은 귀중한 것은 교훈 하나만이 아니었다. 강적 처치 경험치로 반격가 레벨이 2단계나 올랐다. 인퀴지터를 죽였으니 인류연맹에게서 보상을 받을 수 있을 거고. 그리고 또…….

[힘의 말: 죽어라!]
—등급: 고유(Unique)
—플레이어 프랑시안의 고유 스킬.
—숙련도: F랭크
—효과: 상대는 죽는다.

무려 고유 스킬을 뜯어냈으니 말이다. 다른 스킬을 뜯어내지 못한 건 아쉽지만, 이거 하나로 전부 보상받는다.

그런데 플레이어 프랑시안? 그게 누구지? 고유 스킬인 걸 보니 방금 전에 내가 죽인 인퀴지터의 이름이려나? 뭐, 일단 그런 걸로 해두자. 내가 그런 걸로 해둔다고 곤란할 사람은 아무도 없으니까.

좌우지간 내가 두 발이나 맞은 이 [힘의 말: 죽어라!] 스킬은 상대에게 죽음의 기운을 불어넣어 즉사시키는 효과를 지니고 있었다.

즉사 스킬이라면서도 내가 즉사하지 않고 살아 있는 이유? 이 스킬은 생명력이 너무 높은 상대에게는 즉사 대신 극도 마비 효과를 발휘하기 때문이다. 극도 마비 효과는 극도 상태이상이라고 따로 분류되는 효과인데, 이건 평범한 상태이상 해제로는 풀리지 않는다고 한다.

두 번째 맞았을 때는 생명력이 적절하게 떨어져 있어서 진짜 즉사당할 뻔했다. 그런데도 죽지 않은 이유? 매우 심플하다. 진리불사 상태에선 죽지 않으니까. 표현을 달리하면 즉사 효과에 면역이어서.

오히려 어중간하게 생명력이 많이 남아서 극도 마비를 당했다면 그 후 상황이 더 위험할 뻔했다. 진리활화와 진리불사가 끝나고 생명력이 딱 1만 남은 상태에서 마비당했다? 그 뒤에 일어날 일은 너무 뻔했다.

"후……. 또 자괴감 드네. 이번에도 운 좋아서 살았단 소리밖에 안 되잖아."

프랑시안을 죽인 후 경험치를 얻어 레벨 업을 했지만, 그 직후에 진리불사가 끝나 빈사 상태가 됐었다. 상황이 얼마나 아슬아슬하게 돌아갔는지, 새삼 생각해도 아찔했다.

그 뒤에 혹시 프랑시안이 새티스루카처럼 되살아날까 봐 놀라서 토벌 퀘스트 보상을 연타했다. 당황한 나머지 [받아쳐 날리기] S랭크도 눌러 버렸다.

그래서 지금 내 반격가 레벨은 15가 되어 있었다. 그 덕에 새 스킬도 얻었고.

[크로스카운터(Cross counter)]
―등급: 희귀(Rare)
―숙련도: 연습 랭크
―효과: 반격을 반격한다.

뭐, 요즘은 슈퍼 레어 스킬에 유니크 스킬에 레전드 스킬까지 얻어서 레어 스킬은 좀 빛바래 보이긴 하지만, 이 스킬의 수련치를 쌓음으로써 반격가 경험치를 얻고 레벨 업을 할 수 있으니 경시하면 안 된다.

그런데 반격을 반격한다니, 이거 수련치를 어떻게 쌓지? 일단 수련치 목록을 좀 볼까.

―반격을 반격해 보기(0/1)

결국 내가 선공을 하고 상대가 반격을 한 후에 내가 크로스카운터로 반격해야 수련치가 쌓이는 건가. 뭐가 이렇게 복잡해?! 으음……. 이건 좀 뒤로 미뤄두자. 급한 건 아니니까.

나는 레벨 업 마스터를 꺼내 들었다. 그리고 화면에 크리스티나의 모습이 뜨자마자 먼저 말했다.

"인퀴지터 죽였다. 보상 줘."

Chapter 5

　―네, 네?! 뭐라고요?! 정… 말로요!?

　크리스티나는 깜짝 놀라 내게 물었다.

　아, 그러고 보니 인퀴지터 죽일 때 레벨 업 마스터를 꺼놓고 인벤토리에 넣어놨었지. 그럼 내가 인퀴지터를 처치해 냈다는 걸 어떻게 증명하지? 시체는 다 산산조각 내서 남은 게 없는 데…….

　그런데 크리스티나가 태블릿을 죽죽 올려다보더니 다시 한 번 깜짝 놀라며 외쳤다.

　―정말이네요?! 어떻게 된 거예요?!

　이번엔 나도 놀랐다.

"어떻게 알았니?"

—그야 공개된 전투 로그는 열람할 수 있으니까요. 이제까지도 그걸 평가 기준으로 퀘스트 보상 다 드렸는데요. 아니, 이런 게 중요한 게 아니라!

크리스티나가 또 뭐라고 따지고 들 기세길래, 나는 먼저 대답해 입을 막아버렸다.

"그래, 중요한 건 보상이지. 보상 줘."

—그건 그렇죠. 회의 다녀올게요!

레벨 업 마스터의 화면에서 크리스티나의 모습이 슉 사라졌다. 내 원 참, 지난번에 줬던 대로 주면 되는데. 회의까지 또 해야 하나. 나는 픽 웃었다.

공개된 전투 로그라. 생각난 김에, 나는 밀린 시스템 메시지를 쭉쭉 올려서 보았다.

—이진혁 님께서 ??? 님을 살해하셨습니다.

—플레이어 킬!

—카르마 연산 중…….

—??? 님의 네거티브 카르마가 매우 높은 관계로, 페널티는 부여되지 않습니다.

—이진혁 님께 포지티브 카르마가 부여됩니다: 1,547점.

???라고 표기된 건 당연히 인퀴지터, 내가 임시로 프랑시안

이라고 부르고 있는 그놈을 가리킨다. 이 시스템 메시지를 보고서야 안심했었지. 맥이 탁 풀려서 바로 드러누워 버렸다.

프랑시안 이놈도 사람 꽤나 죽이고 다닌 모양인지, 그 덕에 포지티브 카르마를 엄청 벌었다. 그런데 이 포지티브 카르마를 어디다 쓰는지 모르니 크게 기분이 좋지는 않다. 내가 아는 사용처는 네거티브 카르마를 상쇄하는 것 정도였다.

"흐음……."

나는 안구를 움직여 포지티브 카르마 항목을 클릭했다. 그러자 메시지가 떴다.

─이진혁 님의 총 포지티브 카르마: 2,801점.
─처형한 살인마의 수: 2명
─카르마 마켓의 오픈을 위해 앞으로 필요한 처형 건수: 1회

잉? 이제까지는 못 보던 메시지다. 앞으로 한 번만 더 처형에 성공하면 카르마 마켓이 열린다고? 나는 카르마 마켓이라는 단어를 클릭해 보았지만, 이 키워드에는 아무런 정보도 뜨지 않았다.

뭐, 내가 피하려고 해도 앞으로도 교단의 인퀴지터와는 대립하게 될 테니 놔두면 자연히 알게 될 테지. 이것도 나중으로 돌리자.

그보다 중요한 건 이거다.

—동일 계열 스킬을 4개 이상 소유하고 있습니다.

—[힘의 말: 죽어라!], [현혹], [마비 마안], [슬로우]

—스킬 초융합이 가능합니다. 실행하시겠습니까?

"으음……."

마음 같아서는 바로 초융합을 실시하고 싶지만, 문제가 있다. 그것은 바로 강화 문제다. 주지의 사실이지만 강화를 하려면 스킬 북이 필요한데, 설마 슬로우조차 상점에 재고가 전혀 없을 줄은 몰랐다.

이 스킬들을 재료로 초융합을 해버리면 그 결과물로 나온 스킬을 또 언제 어떻게 강화시킬 수 있을지 감도 안 잡힌다. 예를 들어 레전드급이 튀어나오면, 그 레전드급을 강화시키기 위해 똑같은 스킬 북을 또 필요로 하게 되는데 그 재료를 구할 수 있을까?

그래서 기왕이면 애초부터 강화치를 최대한 높여서 융합시키고 싶은 게 내 욕심이다.

그리고 또 하나.

같은 계열 스킬이 두 개일 때 합성, 세 개일 때 융합, 네 개일 땐 초융합이 나왔다. 그렇다면 혹시 다섯 개일 때는 또 다른 게 나오지 않을까?

더군다나 합성보단 융합, 융합보단 초융합이 좋다. 그럼 다섯 개를 마련했을 때는 더 좋은 게 나올 가능성을 배제하기 힘들었다.

"사람의 욕심이라는 게 끝이 없군."

헛웃음이 절로 나왔다. 슈퍼 레어 스킬 하나에 바들바들 떨던 게 불과 며칠 전이다.

그런데 이젠 유니크 스킬을 앞에 두고도 융합 재료로 쓸까 말까 고민 중이니 상황이 재미있다.

"에잇, 이것도 뒤로 미루자."

결국 난 욕망을 따랐다. 어쩌면 레전드급을 초월하는 스킬을 얻을 수 있을지도 모른다는 생각은 나로 하여금 쉽게 일을 저지르지 못하게 만들고 있었다.

"끙차."

나는 상반신을 일으켰다. 고민하는 것도 좋지만 언제까지고 여기에 머물고 있을 순 없다. 교단의 다른 인퀴지터가 날 아올지도 모르니.

전례를 미루어볼 때 그 가능성이 높진 않지만, 아무리 낮은 가능성이라도 그게 죽을 가능성이라면 피하는 게 맞았다.

진리대활화랑 진리불사도 쿨이고 아직 능력치 부스터 앰플도 못 쓴다. 지금 인퀴지터랑 맞닥뜨리면 나는 반드시 죽는다.

"그런데 어디로 가지?"

드워프 도시는 계곡을 끼고 자리를 잡고 있었다. 도시 주변은 산과 절벽으로 다 막혀 있었고. 괜히 두프르프를 비롯한 드워프 생존자들이 고원으로 기어 올라가 동굴까지 뚫고 황무지로 도망간 게 아니다 싶었다.

결국 이 지역에서 벗어나기 위해서는 산을 넘어야 한다. 그런데 아무리 내게 [섬전 신속]이 있다 한들 저 산을 넘는 건 부담스럽다. 잠시간이나마 하늘을 날 순 있지만 계속 날 수 있는 것도 아닐뿐더러, 어쨌든 하늘을 날아다니면 눈에 띄니까.

숨어 다니자고 이동하는 건데 눈에 띄게 이동하면 그것도 어불성설이다.

"아니, 다른 방법이 있군."

나는 계곡 쪽을 바라보았다. 계곡이라 해도 자연경관이랑은 거리가 멀다. 드워프들이 돌을 깎아 대도시를 만들어놓았으니까.

저 도시를 통해 다른 지역으로 나갈 수 있을까? 알 수 없다. 지금은 정보를 줄 안내자가 있는 것도 아니고. 그렇다고 두프르프를 찾아 황무지로 돌아가는 것도 꺼려진다.

하지만 생각해 보자. 프랑시안도 바위틈에 숨은 날 바로 찾아내진 못했다. 설령 탐색 같은 스킬이 있다고 해도 내 이름도 얼굴도 모르는데 어떻게 날 찾겠는가?

그렇다면 일이 조금 잠잠해질 때까지 저 도시에 숨어드는 것도 나쁘진 않을 것 같았다. 어쨌든 스킬과 아이템 쿨만 지나면 인퀴지터 상대로 승산도 생기니 마냥 시간 낭비인 것만은 아니다.

"좋아."

나는 결정을 내리고, 곧장 계곡 방향을 향해 몸을 던졌다.

＊　　　＊　　　＊

"오, 드워프들 잘해놓고 살았네."

드워프 도시는 외부 전경도 대단했지만, 더 대단한 건 내부 공간이었다.

바위 안쪽을 대담하게 파내어 커다란 공동을 만들어냈는데, 그 공동의 넓은 벽면에 세밀한 장식이 새겨져 있었다. 잘 보니 이 도시의 주인이었던 드워프 종족의 역사를 파노라마처럼 묘사해 놓은 것 같았다.

공동을 떠받치는 기둥도 화려한 갑옷을 갖춰 입은 드워프 왕들의 모습이었는데, 난쟁이 종족답지 않게 거대하고 위풍당당한 그 모습은 아무리 봐도 좀 과장이 들어간 것 같았다.

"응? 설마 저거 두프르프인가?"

끝자락의 기둥이 방랑 드워프 무리의 우두머리였던 두프르프의 모습과 많이 닮았다. 뭐, 시기상 실제론 두프르프가 아니라 그와 닮거나 혹은 그의 조상을 묘사해 놓은 거겠지만.

"대단하네."

넋을 잃고 공동의 모습을 구경하다가, 나는 뒤늦게 지금 이럴 때가 아님을 알아차렸다. 공동은 외부를 향해 확 트여 있었다. 즉, 여기 머무는 건 안전상으로 볼 때 아까 전의 공터에서 드러누워 있는 거랑 별 차이가 없다.

"관광 온 게 아니니까."

언제 한번 시간을 내서 느긋하게 돌아보고 싶다는 욕망을 억누르고, 나는 공동에서 이어진 여러 통로들 쪽으로 눈을 돌렸다. 통로의 숫자는 대충 세도 100개를 넘겼다.

어디로 들어가야 할까? 하긴 생각해 봐야 크게 의미도 없는 일이다. 사전 정보도 없는데 뭘. 아무 데나 들어가 보면 되지. 난 가장 가까운 통로를 향해 휙 몸을 날렸다. 이 정도 움직임에 스킬까지 쓸 필요도 없었다.

내가 들어간 통로의 벽면에도 빼곡하니 벽화가 그려져 있었다. 게다가 조명도 가장 벽화가 아름답게 보이는 각도로 빛이 비치도록 세심하게 조정되어 상당히 볼만했다. 마치 미술관에 온 것 같다고 할까?

하지만 나는 벽화에 눈과 시간을 빼앗기는 실수를 다시 하지는 않았다. 내 눈을 잡아끄는 예술을 무시하고 나는 안쪽을 향해 빠른 속도로 달렸다.

이래도 길을 잃을 염려는 하지 않아도 된다. 지금도 자동으로 맵이 기록되고 있으니까.

그렇게 한참 동안 달리고 있을 때였다.

드드득.

한참 나아가다 보니 뭔가 기관이 움직이는 소리가 들렸다.

"설마?"

나는 뒤를 돌아보았다. 내가 통과해 온 통로가 벽으로 바뀌어 있었다.

"으음……."

통로의 형태가 바뀌어 버리다니! 이래서야 자동 맵핑만 믿고 있을 수는 없게 되었다.

그래도 직감이 반응하지 않는 걸 보니 목숨까지 위험할 정도는 아닌 것 같았다. 하긴 잘 생각해 보니 지도에서 바뀐 부분은 벽이 움직여 막힌 부분이라 힘으로 뚫고 지나갈 수 있겠다 싶었다.

그럼 됐지 뭐.

나는 더 안쪽을 향해 나아가 보기로 결심했다.

이 결정에는 묘한 예감도 한몫했다. 근거도 있다. 살아 있는 조명, 움직이는 기관. 그리고 또 하나. 내가 처치하기 전까지 이 도시의 통로에 혀를 날름거리고 있던 드워프이터들의 존재.

어쩌면 이 도시의 깊숙한 곳에는 생존자들이 남아 있는 것이 아닐까?

그렇게 생각하기에 충분한 근거들이었다.

만약 생존자가 남아 있으면 지금처럼 암중모색을 할 필요도 없이 그들에게서 정보를 얻으면 된다. 이 계곡을 뚫고 산맥 너머로 넘어갈 수 있는 길에 대해 말이다. 어쩌면 교단에 대한 정보를 더 얻을 수 있을지도 모르고. 찾아봐서 손해 볼 건 없었다.

안쪽으로 들어갈수록 통로의 벽화들은 조잡해지고 조명이 깔린 간격도 넓어졌다. 이 통로는 확실히 더 새것이었다. 기관이 움직이는 빈도도 줄어갔다. 그리고 이전까진 없었던 함정도 생겨나기 시작했다.

더 나아가자 벽화가 완전히 사라졌다. 조명은 조금 남았지만, 장식성은 완전히 사라졌다. 어느새 통로의 인상은 도시민의 예술 공간에서 병사들의 참호로 변해가고 있었다.

그리고 드디어 내 직감이 반응했다.

"키지지지지……."

내 직감이 찾아낸 건 생존자가 아니라 적이었다. 거대한 개미의 모습. 거대하다고 해도 사람만 한 정도이나, 직감이 반응한 걸 보니 내게 생채기 정도는 입힐 수 있을 것 같았다. 개미는 기이하게도 이족 보행을 하고 있었다. 개미 주제에.

[돌발 퀘스트]

—의뢰인: —

—분류: 토벌

—난이도: 보통

—임무 내용: 병정개미를 토벌하라!

—보상: 개미 한 마리당 금화 10개(+100%), 기여도 10(+100%)

저건 병정개미인가. 나는 퀘스트의 내용을 읽고 적의 이름을 알았다.

뭐, 그래 봐야 식인 거미와 같은 급인가. 보상이 같으니 강함도 비슷할 거라고 넘겨짚을 수 있었다. 나는 곧장 앞으로 뛰어들었다. 투척을 써서 쉽게 처리해도 되지만, 시험해 보고 싶은 게 있었다.

힘 조절을 하는 건 자신 있었다. 근력이 99+이지만 솜씨도 99+니까. 그래서 적당히, 아슬아슬하게 거미가 맞고 죽지 않을 정도로 조절한 스트레이트를 개미에게 날렸다.

"즈젯!"

병정개미는 기이한 기합성을 내며 내 주먹을 왼쪽 앞다리 두 개로 받아내었다. 그 방어는 내가 충분히 힘 조절을 했기에 의미가 있었다.

"자아아앗!"

병정개미는 곧장 그 큰 턱을 내게 들이밀어 반격을 하려고 했다. 자, 이제부터가 중요하다. 과연 발동할까?

[크로스카운터]

"좋아!"

발동했다!

퍼억!

내 오른쪽 주먹이 개미의 머리를 정통으로 후렸다. 개미의 머리가 단박에 터져 나가는 광경은 그리 보기 좋지는 않았으나, 그 그로테스크한 광경마저도 내 입에 걸린 미소를 지우지는 못했다.

"발동하는구나!"

크로스카운터의 수련은 굳이 스킬을 쓰지 않아도 된다. 그냥 공방의 교환만으로도 '반격의 반격'이라는 수련치를 만족시킬 수 있다. 내 가설은 참으로 드러났다.

이건 매우 중요한 증명이다. 크로스카운터 스킬의 수련을 위해서 상대가 반드시 반격가일 필요는 없다는 걸 가리키니. 내 입장에서는 안도의 한숨을 쉴 수밖에 없게 되었다.

반격가가 얼마나 희귀한 족속인지는 링링이나 주리 리의 반응으로 익히 알고 있는 바였다. 만약 크로스카운터의 수련을 위해 일일이 반격가를 찾아다 수련해야 했다면? 그냥 반격가의 레벨 업을 포기하는 게 나을 뻔했다.

하지만 개미 상대로도 크로스카운터 수련이 가능하다는 게 밝혀진 이상, 그런 걱정은 더 이상 할 필요가 없어졌으니 이 얼마나 다행한 일인가?

더군다나 그 상대가 개미라는 점이 중요하다. 기본적으로 개미는 집단생활을 하는 생물이다. 그 말인즉슨, 개체 수가

많다는 소리다. 아마 죽여도 죽여도 계속 나오겠지. 질릴 정
도로 말이다.

　나는 입술을 핥았다.

　"개미는 진딧물의 꿀을 핥는 걸 좋아한다지."

　이제는 내가 개미의 꿀을 빨아 먹을 차례다.

　수련치라는 이름의 꿀을 말이다.

　　　　　＊　　　　　＊　　　　　＊

　한참 신나게 크로스카운터 스킬의 수련치를 쌓고 있으려
니, 좀 특이한 개미가 보였다.

　개미 주제에 이족 보행을 하는 거야 이전까지의 병정개미도
그랬으니 이제 와서 이상하게 여길 건 없지만, 이번에 새로 나
타난 개미는 앞다리 네 개로 투박한 창 같은 무기를 붙들고
있었다.

[돌발 퀘스트]

―의뢰인: ―

―분류: 토벌

―난이도: 보통

―임무 내용: 무장 개미를 토벌하라!

―보상: 개미 한 마리당 금화 12개(+100%), 기여도 12(+100%)

저건 무장 개미라 하는군. 무장하고 있으니 무장 개미라. 꽤나 스트레이트한 작명 센스다.

[크로스카운터]

퍼억!

내 앞에선 병정개미와 별로 다를 바 없는 상대였지만, 어쨌든 무기를 든 덕에 금화를 2개나 더 주니 차라리 감사하다.

통로를 파고 들어갈수록 병정개미 대신 무장 개미가 등장하는 빈도가 높아졌다. 그리고 또 새로운 개미가 등장했다. 이번엔 투구를 쓰고 갑옷을 입은 개미였다. 살짝 사이즈가 안 맞는 게, 다른 종족이 만든 걸 빼앗아 입은 것 같다는 느낌이 팍팍 들었다.

[돌발 퀘스트]
―의뢰인: ―
―분류: 토벌
―난이도: 보통
―임무 내용: 장군 개미를 토벌하라!
―보상: 개미 한 마리당 금화 14개(+100%), 기여도 14(+100%)

이제 지휘관급이 나오는 건가. 지휘관이라 그런지 무장 상태가 좋군.

[크로스카운터]

퍼억!

나는 장군 개미의 투구와 갑옷을 노획했다. 노획한 갑옷을 입어보려고 했지만, 나한텐 좀 많이 작았다. 드워프는 앞뒤로 두꺼운 종족이라 이렇게 작은 갑옷을 입진 않을 거 같은데, 어떤 종족의 갑옷일까?

무기의 질도 무장 개미의 것보다 많이 좋아서 일단 주워서 인벤토리에 넣어놨다. 뭐, 모아놓으면 어디든 쓸데가 있겠지.

계속해서 통로를 나아가자 병정개미의 모습은 거의 사라지고 장군 개미가 등장하는 빈도수가 늘었다. 만약 내가 평범한 플레이어였다면 여기서 경험치를 꽤 벌었겠지만, 아쉽게도 난 이미 만렙이라 개미 좀 잡는다고 경험치가 쌓이지는 않는다.

대신 퀘스트 보상으로 받을 금화가 쌓이지.

[크로스카운터]

퍼억!

좋아, [크로스카운터] B랭크! 랭크 업! 그리고 드디어 내가 우려하던 사태가 일어났다.

―반격가를 상대로 반격을 반격(0/3)

[크로스카운터] 스킬의 B랭크 수련치에 이런 게 등장하고 말았다. 결국 내 공격을 반격해 줄 반격가가 없으면 크로스카운터 A랭크를 찍는 건 요원한 일이 되고 말았다. 아직 반격가 16레벨도 못 찍었는데…….

기운이 쭉 빠지긴 했지만, 그래도 다른 잡스러운 수련치는 지금 미리 올려두는 게 좋겠다는 생각을 하며 마음을 다잡았다.

나는 이미 개미굴이 된 통로를 돌아다니며 개미들을 족족 죽였다. 이윽고 나는 묘하게 개미들의 방어가 두터운 곳에 도달하게 되었다. 방의 주인을 지키려는 것일까?

"그럼 뭐가 있겠군."

날 향해 고슴도치처럼 창칼의 날 끝을 들이대고 있는 개미 떼를 향해, 나는 거침없이 몸을 던졌다. 어차피 이제 수련치도 다 쌓았겠다, 더 사양할 것도 없었다.

[섬전 신속]― [꿰뚫기]

퍼퍼퍼펑!

내가 지나간 경로에 있던 개미들의 몸이 한순간에 다 터져 나갔다. 노획해야 할 투구나 갑옷, 무기들도 다 터져 나갔지만 아까워할 이유는 없었다.

이미 각각 99개씩 채웠으니까.

이런 잡템에 인벤토리 칸을 두 개씩 낭비하는 게 더 아깝다.

자, 그럼 개미들이 뭘 지키고 있었는지 볼까?

"지, 지, 지, 지……!"

그것은 거대한 개미였다. 물론 병정개미도 보통 개미보다는 훨씬 거대했지만, 이 개미는 진짜로 거대했다. 이 정도면 딱 코끼리 정도의 크기겠다.

[돌발 퀘스트]

—의뢰인: —

—분류: 토벌

—난이도: 어려움

—임무 내용: 여왕개미를 토벌하라!

—보상: 금화 200개(+100%), 기여도 200(+100%)

아, 저게 여왕개미로군?

잘 보니 방 한구석에 알이 잔뜩 쌓여 있었다. 그냥 이대로 알을 낳게 해서 부화하는 개미들을 죽이는 게 퀘스트 보상은 좀 더 잘 나오지 않을까? 그런 계산적인 생각이 순간적으로 뇌리를 스쳤지만, 나는 곧 고개를 저었다.

죽여봤자 경험치도 못 먹는 개미 몇 마리 더 죽이자고 여기 죽치고 있는 것도 별로 좋은 생각 같지는 않았다.

그러니 여왕은 여기서 처리한다.

"기, 기, 기, 기이잇!"

눈치를 보던 여왕은 내 결심을 알아채기라도 한 건지 날 공격하려 들었다. 그러나 이미 늦었다. 아니, 사실 늦고 뭐고 없었다. 힘의 차이가 너무 크니까.

"[죽어라]."

고작 F랭크지만, [힘의 말: 죽어라!]는 충분히 효과를 발휘했다. 죽음의 힘이 여왕개미를 감싸 안았고, 저항하지 못한 여왕은 곧 그 자리에 축 늘어졌다.

"끝."

말하자면 이 개미굴 던전의 보스라 할 만한 존재였을 여왕개미는 이렇게도 쉽게 가버렸다. 이건 내 탓이다. 내가 약했으면 조금 더 재미있고 긴장감 넘칠 보스전이 됐을 텐데.

뭐, 재밌자고 하는 짓이 아니지.

나는 시답잖은 생각을 접고선 여왕개미가 낳은 알을 인벤토리에 쓸어 담았다. 이렇게 해두면 어쨌든 인벤토리 안에서 부화하진 않을 테니까. 어딘가 쓸모가 있을지도 모르는 일이고.

―퀘스트 완료! 보상을 지급합니다. 인벤토리를 확인하십시오.

―금화 2,270개(+100%), 기여도 2,270(+100%)

―퀘스트 완료! 보상을 지급합니다. 인벤토리를 확인하십시오.

―금화 1,212개(+100%), 기여도 1,212(+100%)

―퀘스트 완료! 보상을 지급합니다. 인벤토리를 확인하십시오.

―금화 868개(+100%), 기여도 868(+100%)

―퀘스트 완료! 보상을 지급합니다. 인벤토리를 확인하십시오.

―금화 200개(+100%), 기여도 200(+100%)

어쩌다 보니 계급이 높은 개미일수록 퀘스트 보상이 적어지는 판타스틱한 상황을 맞이하게 되었다.

이런 걸 보고 수에는 장사 없다고 하는 거려나.

이 경우는 좀 다른 의미가 되지만, 그거야 뭐 아무튼.

스킬을 지르느라 금화가 많이 말랐었는데, 지갑이 다시 촉촉해지니 내 기분도 좋아졌다. 조금만 더 모으면 금화 1만 개가 눈앞이다.

"자, 그럼 가볼까?"

일단은 개미를 죽이는 데 집중하느라 안 가본 통로가 몇 군데 있다. 그리고 그 통로에서 싸움을 벌인 흔적을 찾아냈다. 개미끼리 싸움을 벌이진 않았을 테니 아마도 여기 주민과 싸운 것이겠지. 그 방향으로 가보면 뭐라도 발견해 낼 수 있을 거다.

*　　　*　　　*

"흐음……."

나는 이미 기록된 미니 맵을 한 번 보고, 눈앞의 벽을 바라보았다.

"막혔군."

미니 맵에는 통로로 기록되어 있었으므로, 아마도 여기도 기관이 움직여 통로를 벽으로 막은 모양이었다.

"부술까?"

부수려면 얼마든지 부술 수 있다. 하지만 별로 좋은 생각 같지는 않았다. 이 기관을 움직인 상대에게 위협감을 줄 테니까.

그리고… 음… 더 없나? 없으면 뭐.

"에잇, 부수자. 얍!"

쾅!

벽은 꽤 단단했지만 그렇다고 내 근력을 이겨낼 정도는 아니었다. 벽 안쪽이 꽉 막혀 있다면 또 모르겠지만 원래 통로였던 곳을 억지로 움직여 벽으로 막은 것이니.

나는 내가 낸 구멍을 향해 발부터 넣었다. 벽 내부는 여러 가지 복잡한 기계장치가 되어 있었다. 나는 쇠로 만들어진 그

기계장치를 진흙을 헤집듯이 헤집으며 벽을 뚫고 나왔다.

"음?"

벽을 통과하자마자 사람의 모습이 보였다. 아니, 실제로는 사람이 아니었지만.

"코볼트?"

사람처럼 생기긴 했지만 온몸에 부드러운 털이 덥수룩하게 나고, 개처럼 까만 코를 벌름대는 모습의 코볼트가 벽을 뚫고 나오는 날 보며 바들바들 떨고 있었다.

튜토리얼에서는 꽤 초반에 등장하는 적이다. 인간 형태인 건 그렇다 치고 겉보기에 꽤 귀여운 편이라 플레이어들로 하여금 퀘스트 수행을 망설이게 만드는 존재이기도 하다.

하지만 얕보면 안 되는 게, 도구와 무기를 쓸 줄 아는 데다 꽤나 영리한 편이라 잘못 상대하다간 죽을 수도 있다. 물론 초보라면 말이다.

당연히 난 초보가 아니고, 코볼트가 위협적일 시기는 진즉 지났다. 실제로 지금 코볼트를 목전에 뒀음에도 불구하고 내 직감은 전혀 반응하지 않았다.

말 그대로의 의미로 이 코볼트는 개미보다 약했다.

"그런데… 설마 이 녀석도 인류라고 할 건 아니지?"

[퀘스트]

—의뢰인: —

―종류: 접촉

―난이도: 안전

―임무 내용: 이 지역의 인류 사회를 찾아내 구성원과 접촉하라!

―보상: 금화 20개(+100%), 기여도 20(+100%)

내 예상은 적중했다. 하긴 오크도 인류인데 간혹 NPC로 등장하기도 하는 코볼트가 인류라 못 할 것도 없지.

"사, 사람? 진짜로?"

얄궂게도 코볼트도 나랑 같은 생각을 한 것 같았다. 내가 진짜 인류인지 아닌지 확신을 못 하는 것으로 보였다. 내가 얼굴로 벽을 가르고 나온 게 그렇게 인상적이었나?

"그래, 너도 인류. 나도 인류지."

나는 씨익 웃어 보였다.

코볼트도 어색하게 웃었다.

*   *   *

"믿기 힘든 이야기로군, 외부인."

나는 어린 코볼트의 안내를 받아 코볼트 부락으로 들어왔다.

부락이라고는 해도 방 몇 개에 코볼트들이 들어찬 것에 불과하지만.

그리고 나는 지금 그 부락의 족장과 대면 중이다.

"당신이 개미들을 다 죽이고 바깥의 개미핥기마저 죽였다고? 그게 사람에게 가능한 일인가? 그런 위업을 달성할 수 있는 건 오로지 신뿐일세. 허풍을 떨어도 믿을 만하게 떨어야지."

개미핥기? 아아, 드워프이터 말이로군. 코볼트 족장의 반응으로 보아, 드워프이터들은 이 통로에 살던 개미들도 아주 잘먹어치운 것 같았다.

그건 그렇고, 코볼트 족장의 반응은 매우 상식적이었다. 내말만 듣고 바로 믿었다면 그거야말로 실망스러울 일이었다.

나는 족장에게 한 번 싱긋 웃어주고 인벤토리에서 개미 알을 하나 꺼내 보여주었다. 그러자 이걸 본 코볼트 족장의 강아지 같은 눈에 흰자위가 드러났다.

놀란 코볼트의 표정은 좀 웃긴데, 놀랄 때 흰자위가 보인다. 튜토리얼에 있을 땐 이 반응을 보기 위해 일부러 놀래킬 때도 있었다. 뭐, 초반 몇 십 년 만에 질리긴 했지만 말이다.

"이, 이건 개미 알?! 설마 여왕개미의 방까지 들어갔다 온 건가?"

"개미 알을 알아보는군?"

"귀중한 식량이니까. 목숨을 걸어야 얻을 수 있긴 하지만."

이번엔 내가 놀랄 차례였다. 이 녀석들, 개미 알을 훔쳐다 먹고 있었어? 무슨 공룡시대 종말에 공룡알 훔쳐 먹었다는 포유류 조상도 아니고.

"그럼 개미 알 하나 갖곤 안 믿겠군."

나는 개미 알을 이번에는 여러 개 주르륵 꺼냈다. 그러자 이걸 본 코볼트 족장 입에서 침이 주르륵 흘렀다. 식욕이 먼저 반응하는 거냐! 이 녀석! 파블로프의 개도 아니고!! 다행히 반응한 건 침샘만이 아니어서, 코볼트 족장의 꼬리가 힘차게 흔들리기 시작했다.

"저, 정말이란 말인가!"

"그럼, 정말이지."

내가 고개를 끄덕여 주자, 코볼트 족장은 갑자기 웃옷을 벗더니 그 자리에 나뒹굴었다.

그리고 보드라운 털이 덥수룩하니 난 배를 내게 까 보이며 이렇게 말했다.

"멍멍!"

이걸 말이라고 표현해도 된다면 말이다.

*   *   *

─도둑 코볼트들의 우호도가 255 상승했습니다.

뭐, 그래도 우호도가 오른 걸 보니 좋아하는 건 맞는 것 같왔다. 그것도 단번에 255가.

하긴 개미들은 이들 코볼트들에게 매우 큰 위협이었을 테니까. 그야말로 일족의 존망을 위협하는 천적이었을 것이다. 그런 개미들을 내가 처치하고 여왕을 죽인 후 알까지 전부 훔쳐내 그것들의 미래까지 끊어놓았으니, 코볼트들로선 좋아할 수밖에 없는 일일 것이다.

그런데 이 녀석들, 도둑 코볼트였나. 하긴 드워프 도시에 숨어 사는 것도 그렇고 개미 알을 훔쳐다 먹는 것도 그렇고. 도둑질은 꽤나 했을 것 같긴 하다.

어쨌든 우호도 255를 찍으면서 우호도 퀘스트들이 주르륵 완료되었고, 나는 우호도 퀘스트 완료 버튼을 주르륵 누르고 인벤토리를 까 보상을 수령했다. 코볼트 무리와 접촉했을 때 이미 완료 판정이 뜬 접촉 퀘스트와 함께, 보상이 한꺼번에 굴러 들어왔다.

며칠 새에 내가 가지고 노는 금액이 커져서 이 정도는 약소해 보이지만, 그래도 적은 돈은 아니다. 다시 금화 2만 개를 모으기 위해 온몸 비틀기를 해야 하는 내 입장에서는 더더욱.

자, 그럼 우호도 255도 찍었겠다. 이제 정보를 거래해 볼까?

그런데 코볼트 족장의 상태가 이상했다.

"멍멍! 주인님! 우릴 이끌어주세요!!"

날 보면서 혀를 내밀고 헥헥대면서 초롱초롱한 눈으로 보고 있는 것도 부담스러운데, 꼬리까지 프로펠러 돌리듯이 파

바바박 흔들고 있으니 그야말로 부담의 극치였다.

이런 반응은 처음 보는데…….

하긴 튜토리얼 세계에선 코볼트 상대로 우호도를 올릴 수 없었으니 처음 보는 게 당연하긴 하다.

"거절한다."

이런 부류의 부탁은 처음부터 일언지하에 거절해야 후환이 없다.

그래서 나는 단호하게 거절했다.

"끼잉끼잉."

내 거절에 코볼트 족장은 귀를 접고 꼬리를 말았다.

어쨌든 우호도의 변화로 인해 태도가 매우 판이하게 달라진 코볼트 족장과의 대화는 조금 버겁긴 했지만 적어도 내게 불리하지는 않았다.

비로소 나는 산맥 너머로 가는 길에 대한 정보를 얻었으니까.

      *   *   *

코볼트들이 영리하다는 건 알고 있었지만, 본래 드워프의 소유였던 이 지하 도시의 사용법까지 완벽하게 깨치고 이용할 수 있다는 건 놀라운 일이었다.

그리고 그것이 코볼트들이 위에는 드워프이터, 아래에선 거대 개미들이라는 위협적인 천적으로부터 살아남을 수 있었던 이유였다.

드워프들이 설치해 둔 기관을 이용해, 원하는 대로 길을 막고 뚫을 수 있었기에 코볼트들은 거대 개미들을 따돌리고 드워프이터의 혀로부터도 도망칠 수 있었던 거다.

아니, 그 반대인가?

이걸 하지 못한 코볼트들은 다 죽고, 할 수 있게 된 코볼트들만이 살아남았다는 게 옳은 분석일지도 모르겠다.

"이쪽으로 가시면 됩니다, 주인님."

"아니, 난 너희 주인이 아니라니까."

길 안내를 해주는 코볼트 족장은 아직도 내게 미련을 못 버린 듯 질척거렸지만 적어도 내 앞길을 막지는 않았다.

기관을 움직여 산맥 너머로 가는 길을 일직선으로 뚫어주었으니, 이제 저 통로를 통해 걸어 나가기만 하면 되었다.

"…나는 이진혁이라고 한다."

내가 떠나는 길을 배웅하며 꼬리를 추욱 늘어뜨린 코볼트 족장의 모습에, 나는 마음이 살짝 약해져 아직까지도 밝히지 않았던 내 이름을 뒤늦게나마 말해주었다.

"두프르프를 비롯한 방랑 드워프 일족, 저 고원의 엘르히가 이끄는 설원 엘프, 또 황무지의 라카차가 이끄는 황야 오크는 내게 은혜를 입었지. 만약 그들과 적대시할 일이 있다면 싸움을 일으키기 전에 내 이름부터 말해봐라. 적어도 손해는 보지 않을 테니."

아니, 이것도 거래다. 우호도에만 의지해서 공짜로 정보를 뜯어내는 대신, 정당한 대가를 지불하고 정보를 사들이는 거래. 물론 상호 합의하에 이뤄진 거래는 아니지만, 내 마음 편하자고 하는 짓이니 너무 깊게 생각할 필요는 없다.

그런데 내 이야기를 들은 코볼트 족장의 얼굴이 확 밝아졌다.

"두프르프 주인님! 엘르히 주인님! 기억하고 있습니다!! 두 주인님이 살아 계시다니 놀라운 일이로군요! 그것도 이진혁 주인님께서 구해주셨다니!!"

―도둑 코볼트들의 우호도가 100 상승했습니다.

"응? 아는 사이야?"

우호도까지 오르는 걸 보니 꽤 친근한 사이였던 것 같은데. 나는 순수한 호기심으로 그렇게 되물었다. 그러자 쉽게 믿기 힘든 대답이 돌아왔다.

"네! 저희 일족은 두 주인님들의 노예였거든요!!"

그렇게 말하며 코볼트 족장은 가슴을 폈다. 다 좋은데 왜 노예라고 하면서 자랑스러워하는 거냐. 나는 굳이 이해하려 들지는 않았다. 정확히는 별로 이해하고 싶지 않았다.

나는 코볼트 족장에게 엘프와 드워프의 위치를 알려주었

다. 족장과의 거래는 내게 지나치게 유리한 거래였기에 거스름돈을 거슬러 주는 개념으로 한 서비스다.

"감사합니다, 주인님! 아, 제 이름을 말씀드리지 않았네요! 저는 후루호이라 합니다! 이 일대의 코볼트들에겐 잘 알려진 이름이니, 만약 필요하시다면 후루호이의 주인이라 말씀하시면 전력을 다해 편의를 봐드릴 겁니다!!"

거의 다 죽긴 했지만요, 라고 작게 덧붙이며 꼬리를 내리긴 했지만 코볼트 족장 후루호이는 표정만은 밝게 웃어 보였다.

*　　　*　　　*

통로를 통과해 바깥으로 나오자, 의외의 풍경이 나타났다.

"살아 있는 나무잖아?"

눈앞에는 침엽수림이 펼쳐져 있었다.

비록 날씨는 싸늘했으나, 푸른 잎새는 내 마음을 진정시켜 주기에 충분했다.

"여기엔 교단의 마수가 뻗히지 않은 거려나?"

그저 나무가 살아 있다는 것만 보고서 이런 식으로 넘겨짚는 건 매우 위험한 사고방식이지만, 산을 넘어오자마자 풍경이 확 바뀌다 보니 저절로 긍정적인 생각이 들었다.

어쨌든 이 지역이 교단의 관리하에 놓였든 말든 관계없이, 이제 더 이상 허겁지겁 도망칠 이유는 많이 사라졌다. 완전히 다른 지역으로 넘어왔으니, 새티스루카나 프랑시안을 죽인 건에 대해 추적당하더라도 꼬리를 밟히기까지는 시간이 많이 걸릴 터다.

시간을 충분히 벌면 능력치 부스터 앰플도 쓸 수 있게 되고, 진리활화의 재사용 대기 시간도 지나갈 것이고, 인류연맹에 의뢰해 놓은 마이스터급 방어구 세트도 도착한다. 그럼 적어도 최소한도의 승산은 확보하게 된다.

"뭐, 그렇다고 이런 데 주저앉아 있을 수는 없지."

일단 이동한다. 멀리 이동할수록 그만큼 시간을 벌어들일 수 있는 셈이니, 눈에 띄지 않는 선에서 서두르는 편이 내게 유리했다.

나는 침엽수림 안쪽으로 발을 옮겼다. 침엽수 특유의 내음이 절로 코를 벌름거리게 만들었다. 본의 아니게 삼림욕을 하게 된 셈이다.

하지만 기분이 좋았던 것도 오래가지는 않았다.

직감이 반응했다.

"쳇."

그거야 그렇다. 사실 예상을 좀 하긴 했다. 왜 코볼트들은 이 숲을 놔두고 드워프의 도시에 틀어박혀 있었을까? 그리고 지금 내 직감에 걸려든 게 바로 그 이유이자 원인 제공자였다.

나무가 움직이고 있었다. 그것도 건물만 한 거목이.

높이만 해도 5층짜리 아파트 정도는 되어 보이는 데다, 나무줄기도 코끼리를 연상케 할 정도로 두꺼웠다.

[돌발 퀘스트]
—의뢰인: —
—분류: 토벌
—난이도: 보통
—임무 내용: 흡혈 나무를 토벌하라!
—보상: 금화 200개(+100%), 기여도 200(+100%)

"오, 너 꽤 센 모양이구나."

나는 나를 주시하는 것처럼 보이는 흡혈 나무를 보고 여유롭게 말을 걸었다. 굳이 퀘스트 보상 내용으로 추론할 필요도 없었다. 직감으로 이미 느끼고 있으니까.

이런 괴물이 돌아다니는데, 코볼트들이 숲에 나올 수 있을 리 없지.

나는 혀를 쯧쯧 찼다.

"그럼 [죽어라]."

나는 [힘의 말: 죽어라!]를 사용했다. 효과는 굉장했다. 꾸물대며 움직이던 흡혈 나무의 뿌리와 가지들이 축 늘어졌고, 푸르던 잎들도 단번에 시들었으니까.

"흐음."

죽은 나무를 올려다보며, 나는 혼자 읊조렸다.

"쓰다 보니 마음에 드는 스킬이긴 한데……."

당연히 [힘의 말: 죽어라!]를 가리키고 한 혼잣말이다. 마력 소모가 좀 많고 한 번에 한 놈만 보낼 수 있다는 점이 걸리긴 하지만 그 단점들을 덮는 장점들이 있다. 물론 다른 어떤 장점들보다도 크게 두드러진 장점은 멋있다는 점이었다.

말 한마디로 상대를 즉사시키는 스킬. 이런 스킬을 내가 얼마나 원했던지.

특히 내가 중학생이었을 때 이 스킬을 손에 넣을 수 있었다면 영혼이라도 팔았을 것이다. 아니, 그땐 딱히 대가를 받지 않고도 영혼을 팔았을 수도 있다. 영혼을 판다는 행위 그 자체에 로망을 느끼던 때였으니까. 왜 그런 생각을 했을까? 나도 모르겠다.

"뭐, 그래도 융합은 시켜야지."

그래도 또 다른 전설급 스킬을 얻을 수 있는 기회를 그냥 멋 부리자고 포기할 순 없다.

나는 입맛을 다셨다.

*   *   *

죽은 흡혈 나무는 그 자체로 그럭저럭 괜찮은 은신처가 되어주었다. 동물을 잡아 피를 빨아 먹고 살아서 그런지 주변의 침엽수들과 달리 잎도 울창하고. 비록 죽어서 다 갈색으로 바싹 마르긴 했지만, 잎이 아직 떨어지지는 않았다.

그럼 여기쯤에서 해볼까?

나는 죽은 흡혈 나무 아래 가부좌를 틀고 앉았다.

내가 하려는 것은 [진리대마공]의 [진리대주천]이다. 그저 앉아서 스킬을 활성화하는 것만으로 마력 능력치가 축적되는 효과를 가졌다. 그동안은 바쁘게 움직이느라 해볼 기회가 없었는데, 이번 기회에 진득하게 마력 좀 쌓아볼 생각이다.

포격 스킬로는 프랑시안에게 거의 피해를 입히지 못한 것도 마음에 걸리고. 내 마력은 50을 넘겨서 낮은 편이 아니지만, 이 정도론 인퀴지터급에겐 이빨도 박히지 않았다는 점이 내겐 나름 충격적이었다. 역시 마력을 더 올릴 필요가 있긴 하다.

물론 좋은 점만 있는 건 아니다. [진리대주천]을 돌리며 집중하는 건 큰 빈틈을 노출하는 행위니까. 말하자면 수면에 준하는 행위다. 더군다나 [진리대주천]을 돌리는 도중에 공격받으면 [주화입마]에 빠질 수도 있다고 한다.

그래서 안전한 곳을 찾아서 해야 했는데, 그나마 이곳이 좀 안전한 곳이라 판단했다.

코볼트들의 은신처에서 돌리는 것도 생각은 해봤는데, 코볼트들의 태도가 좀 부담스러워서…….

게다가 그것뿐이라면 별문제가 안 되지만, 어쩌면 코볼트들을 노리고 인퀴지터가 찾아올 수도 있으니까.

[진리활화]의 쿨도 덜 돌았는데 지금 인퀴지터와 만나면 즉사를 강제로 보증당할 가능성이 너무나도 높았다. [진리대주천]을 돌리면 [진리활화]의 쿨도 줄어든다고 하니까, 빨리 돌려서 [진리활화]를 활성화시키는 것이 오히려 더 안전하다고 판단했다.

뭐, 잠깐 돌려보고 위험하면 그만두든지 하면 되니까.

자, 그럼 어디 한번 돌려보실까?

"후!"

심호흡을 한 번 한 후, 나는 스킬을 활성화했다.

오, 오오.

나는 나도 모르게 소릴 낼 뻔했다.

스킬을 활성화하자마자 전신에 흩어져 있던 마력이 방향성을 가지고 온몸 구석구석을 돌아다니기 시작했다.

내가 아는 마력이란 건 그냥 능력치다. 마법을 쓰는 데 필요한 자본이자 마법을 강력하게 해주는 도구. 그게 마력에 대한 이해의 전부였다.

그러나 이 [진리대주천]의 경험은 내 그러한 이해의 근본부터 갈아엎었다.

'마력은… 힘이다.'

그거야 당연한 거 아닌가. 그러나 아는 것과 깨닫는 것은 다르다. 단순한 지식은 경험으로 인해 진리로 탈바꿈한다. 강력한 힘은 힘을 끌어모은다. 마치 행성 규모의 질량에 자연히 중력이 발생하는 것처럼.

'마력이 쌓이고 있어.'

전신을 휘몰아치는 마력은 원래 있던 것보다 더 커지기 시작했다. 나는 그것을 느꼈다. 실감했다.

─축적된 마력: 1

시스템보다도 빨리, 더 민감하게!

─축적된 마력: 2

나는 마력을 회전시키는 데만 모든 신경을 쏟았다. 스킬은 멋대로 움직이지만, 나는 내 의지로 그 회전력을 더욱 높였다.

─축적된 마력: 3

얼마나 시간이 지났을까?

나는 모른다. 이미 무아지경에 놓였기에.

시스템 메시지는 지속적으로 출력되고 있었지만, 나는 그것을 읽을 수도 인지할 수도 없었다. 그저 굶주린 아귀처럼 정신없이 마력을 끌어모을 뿐이었다.

그래, 지금의 나는 마치 블랙홀과 같았다!

―축적된 마력: 22
―숨겨진 요소가 개방됩니다.

Chapter 6

　내가 진리대주천을 그만둘 수 있었던 건 극심한 갈증과 강렬한 허기를 느꼈기 때문이었다.

　강건 능력치가 99+에 달하는 내 육체가 갈증과 허기를 느낄 정도라니, 대체 얼마나 오랫동안 이러고 있었던 걸까? 나는 일주일은 먹지도 마시지도 않을 수 있으니, 최소한 일주일은 지난 것 같았다.

　인벤토리에서 물과 빵을 꺼내 먹은 후, 나는 별생각 없이 레벨 업 마스터를 꺼냈다.

　―이진혁 님! 다행이다! 살아 계셨군요!!

　레벨 업 마스터의 화면에 불이 들어오자마자, 크리스티나가

소리를 빼액 질렀다. 그것도 볼륨 최대로. 아이, 시끄러워라.

"뭐야? 왜 호들갑이야?"

―당연하죠! 호들갑을 안 떨 수가 있겠어요? 무려 한 달 동안이나 통신이 끊겨 있었어요!

응?

"…한 달?"

나는 눈을 두 번 깜박였다.

"한 달이라고?"

한 달이나 이러고 있었다니. 나로서도 충격이 좀 온다.

그럼 밥도 물도 한 달이나 섭취 안 했다는 소린데, 나 어떻게 살아 있는 거지?

그렇게 의문을 떠올리자마자 답이 곧장 따라왔다.

아, 진리대주천의 효과 중 하나로 생명력 회복과 상태이상 회복이 있지. 식사를 못 해 떨어지는 생명력이 스킬의 힘으로 회복되면서 나로 하여금 진리대주천에 집중할 수 있게 해준 것이리라. 허기와 갈증이라는 상태이상도 똑같이 회복됐을 거고.

말 그대로 물리법칙을 초월하는 스킬의 힘 덕에 살아 있는 거나 다름없었다.

―네! 한 달이요! 아이고, 사람이 완전 반쪽이 되셨네요! 대체 무슨 일이 있었기에…….

물리법칙을 무시한다지만 완전히 무시하는 건 아닌지, 살이 많이 빠지긴 한 것 같았다. 거울을 본 것도 아니고, 그냥 크리스티나의 반응만 보고 하는 생각이지만.

─인류연맹에서 얼마나 난리가 난 줄 아세요? 조금만 더 늦었으면 인류의 영웅을 잃은 것을 기려 대대적으로 장례식을 치를 기세였다고요! 국장급으로요!!

나도 나름 충격을 받은 상태였지만, 너무 심한 크리스티나의 호들갑에 더 충격에 빠져 있을 수도 없었다. 인류의 영웅? 국장?

"호들갑이 심하군."

─인퀴지터를 두 명이나 처치하는 대업적을 세우시고 호들갑이라뇨! 아, 저 빨리 상부에 보고하고 올게요. 이진혁 님이 살아 계시다는 걸 빨리 알려야 해요!

레벨 업 마스터의 화면이 훅 꺼졌다. 정말 급한 모양이었다.

그러고 보니 배가 고팠다. 아무래도 물 한 통과 빵 하나 갖고는 그동안의 갈증과 허기가 완전히 해결되지 않을 것 같았다.

나는 만족스러울 때까지 물과 빵을 꺼내서 먹었는데, 먹는 내가 놀랄 정도로 엄청난 양의 음식이 계속해서 들어갔다.

사람이 사람만큼 먹을 수 있다니! 그것도 내가!

평소에도 별로 소식하는 편은 아니지만, 이건 확실하게 비정상적인 양이다.

충분히 음식을 섭취하자 이번에는 내 몸에서 은은한 매화

향기가 나기 시작했다.

뭐야, 이건 또?

나는 반사적으로 시스템 로그를 열어보았다.

―[숨겨진 옵션] 개방!

[진리의 극]: 무술 수련자들이 흔히 말하는 [화경]의 경지를 초월한, 진리대마공 수련자들만이 도달할 수 있는 지고의 경지. 신체가 마력을 다루기에 가장 적합한 형태로 변화해, 숨만 쉬어도 마나를 회복할 수 있게 된다.

"아……. 설마 이것 때문인가."

설마 신체가 마력을 다루기에 적합한 형태로 변화한 결과가 이 매화향이란 말인가? 나는 익숙하게 마력을 돌려 몸 안에 가두어보았다. 그러자 매화향도 사라졌다. 매화향의 원인은 마력이 맞는 모양이었다.

"와, 만세."

숨만 쉬어도 마나가 회복된다니 내겐 좋은 일이다. 기뻐할 만한 일이고. 그럼에도 크게 기뻐할 수 없는 건 기쁨보다 혼란이 더 커서 그럴 거다.

그런데 왜 갑자기 진리의 극에 올랐다는 거지?

"뭐, 진리대주천 때문이겠지."

다른 변수가 없으니 답을 자연스럽게 끌어낼 수 있었다. 아마도 축적된 마력이 얼마쯤 되면 진리의 극에 오르는 시스템일 터였다.

그렇게 생각한 나는 축적된 마력량을 확인해 보았다.

─축적된 마력: 99+

"?!"

하긴 한 달이나 꼼짝도 않고 자리 깔고 앉아서 마력을 모아 댔으니, 별로 놀랄 일은 아니…… 지 않지!

99가 뉘 집 애 이름도 아니고! 내가 기본 능력치 하나 99 찍는데 몇 백 년이 걸렸는지 감도 안 잡히는데, 스킬 하나 올렸다고 한 달 만에 99+를 찍어?

어이가 없어서 한동안 멍하니 시스템 메시지를 바라보다가, 나는 어떤 결론에 이르렀다.

"역시 레전드급 스킬은 사기구나!"

내가 달리 어떤 결론을 내릴 수 있겠는가? 그냥 내 앞에 떨어진 행운에 솔직하게 기뻐하는 것만이 내가 할 수 있는 전부였다.

"그래, 내 이럴 줄 알고 미리 행운을 많이 올려놨지!"

나는 신나서 빵과 물을 한 세트 더 꺼내 먹기 시작했다. 오랫동안 굶다가 갑자기 먹으면 탈이 난다고 하던데, 강건 99+를 찍은 나하고는 관계없는 이야기다. 위장도 세졌고, 소화불량이라는 상태이상에 걸릴 확률도 매우 낮다.

"한 달이나 지났으니 쿨 돌 거 다 돈 건 당연한 거고."

말라비틀어진 빵을 우물거리며 시스템 로그를 쭉쭉 올려보니, 능력치 부스터 앰플과 진리활화의 재사용 대기 시간이 다 지난 걸 확인할 수 있었다.

시간이 이렇게나 흘렀으니, 당연히 제작에 2주나 걸린다던 마이스터급 전신 방어구도 잘 도착했다.

['반격의 봉화' 자동 장착 디바이스]

—분류: 방어구(Armor)

—등급: 제작, 마이스터(Meister)

—내구도: 300/300

—옵션: 방어력 +100, 직감 +20, 행운 +10, [자동 재생]

—[자동 재생]: 벨트 상태에서 내구도가 조금씩 회복됩니다.

—사용상 주의 사항: 벨트를 장착하고 버튼을 누르면 자동으로 갑옷으로 변합니다.

인벤토리를 확인해 보니 웬 벨트가 하나 보여서 이게 뭔가 했더니만, 그런 거였나. 나는 아마도 이 벨트를 만든 마이스터가 직접 기입했을 사용상 주의 사항에 따라, 인벤토리에서 벨트를 꺼내 차고 버튼을 눌렀다.

차라라락!

그러자 벨트에서 뭔가가 뿜어져 나오더니, 내 전신을 감쌌
다. 처음에는 전신 타이즈인가 싶더니, 그 위에 풍뎅이 껍데기
같은 게 덮여지더니 그럭저럭 갑옷 같은 모습이 되었다.

[반격의 봉화(Signal of Counterattack)]

　—분류: 방어구(Armor)

　—등급: 제작, 마이스터(Meister)

　—내구도: 300/300

　—옵션: 방어력 +500, [반격기] 스킬 위력 +5레벨, 날개 활성화
시 [활공] 가능

　—[활공]: 양력을 이용한 비행이 가능합니다.

　—사용상 주의 사항: 날개 기능은 벨트 부분의 레버 두 개를 강
하게 당기면 활성화됩니다. 다시 벨트 형태로 돌리고 싶을 땐 벨트
의 버튼을 길게 누르시면 됩니다.

"레버라…… 이건가."

나는 옆구리 부분에 달린 레버를 발견하고 당겨보았다. 그
러자 날개가 펼쳐졌는데, 마치 풍뎅이 날개 같았다. 게다가 날
개 크기가 엄청 커서, 그냥 걸어 다닐 때는 많이 걸리적거릴
것 같았다.

"꽤 마음에 드는군."

비록 제자리에서 날아오를 순 없다지만, [섬전 신속]과 결합하면 얼마든지 쓸모가 있었다. 게다가 벨트 형태로 두면 내구도가 자동으로 차오르니 수리를 보낼 일도 없다는 점이 마음에 들었다. 갑옷치고는 걸리적거리는 부분이 적어 움직이기도 편하다는 점도 좋았고.

갑옷을 벨트의 형태로 되돌리자 날개도 저절로 같이 접혔다. 벨트를 두들겨 보며 한 번 웃은 나는 다시 시스템 로그를 살피기 시작했다.

"어, 부스터 기간 끝났네."

한 달이나 지났으니 당연한 일이지만, 초보자 세트로 받았던 골드, 기여도, 경험치 부스터도 사용 기한이 끝나 있었다.

부스터 가격과 뜯어낸 금화의 양을 생각해 보면 이걸 아깝다고 생각하는 것도 양심 가출한 일이지만 그래도 아까운 걸 보니 아무래도 내 양심은 가출해 있는 듯했다.

뭐, 그래도 금화 걱정을 할 필요는 없다. 경매로 올려두었던 전리품들이 다 팔려서 금화로 환전되었으니까.

드워프이터의 역린 네 개, 개미들이 착용했던 무장들, 그리고 개미 알까지. 개미 알이 의외로 쏠쏠했는데, 인류연맹에 개미 키우기 열풍이라도 불었는지 열띤 경쟁 끝에 완판되었다.

이렇게 경매를 통해 물경 금화 4만 개 가까이를 손에 넣었으니, 잘 아끼면 슈퍼 레어 스킬 두 개는 더 살 수 있을 것 같다.

"이 금빛을 보니 절로 배가 부르군!"

실제론 다시 배가 고파졌다. 돈도 많은데 말라비틀어진 빵이나 먹기도 좀 그래서, 나는 다시 레벨 업 마스터를 켜고 링링을 불렀다.

—살아 계셨군요, 영웅님!

링링까지도 날 보자마자 한다는 말이 이거였다.

"너까지 그러기냐?"

—저 정말 기뻐요! 돌아가신 줄 알았는데! 인류연맹 전체에서 영웅님의 장례식을 성대히 거행할 거라는 소문도 돌고 있었다고요! 적지에서 한 달이나 소식이 끊어졌으니 그럴 만도 하죠. 하지만 이제 그 헛소문이 불식되겠군요!!

"그래, 그래. 내가 너무 늦게 돌아오지 않아 다행이로군."

—그런데 못 본 새 많이 마르셨군요. 짜장면 사드릴까요?

"응."

내가 단 한순간의 망설임도 없이 고개를 끄덕이자 링링은 명랑한 웃음을 터뜨렸다.

왜, 뭐. 그럼 사준다는 걸 거절할까?

나는 곧장 받은 짜장면을 인벤토리에서 꺼내 한 젓가락 만에 해치워 버렸다.

"안 되겠다. 중화요리 코스로."

—주문받았습니다! 셰셰!!

짜장면 한 그릇을 더 해치우고 기름진 군만두와 탕수육이 위장 속에 들어가니 이제야 좀 배가 부른 것 같은 느낌이 살짝 들기 시작했다. 중화요리 코스를 한 세트 더 시킬까 고민하고 있던 찰나, 화면이 바뀌고 크리스티나가 튀어나왔다.

ㅡ저 왔어요, 이진혁 님!

"오, 왔구나. 그럼 보상은?"

ㅡ네?

"인퀴지터 잡은 보상 말이야."

ㅡ아, 아아! 깜박했어요. 농담… 이에요!

내 표정이 변하는 걸 보더니, 크리스티나는 바로 말을 바꿨다.

ㅡ먼저, 인류연맹 전투 영웅 훈장을 수여하겠습니다!

"또?"

ㅡ네. 훈장은 많을수록 좋아요. 여러 개 달아도 효과가 중첩되니까요.

뭔가 지금 굉장히 노골적이고 현실미 넘치는 설명을 해준 것 같은데. 그러고 보면 지구에서도 제2차 세계대전 영웅들이 자기 가슴에 훈장을 가득 달고 다녔었지. 행사 때나 볼 수 있는 광경이었지만.

아무래도 인류연맹도 같은 인류다 보니 감성은 비슷비슷한 것 같다.

ㅡ수여식은 별도로 거행하지 않겠습니다. 뭐, 지난번에 한번 촬영했었으니까요.

"그거 촬영했었어?!"

—네. 반응이 아주 좋았어요. 인류연맹의 영웅이 저렇게 소박하다면서…….

묘하게 부끄럽네.

"다음부턴 미리 말하고 촬영해."

—아, 지금 촬영 중이에요.

미리 말하라고!

—그리고 포상으로…….

그러나 나는 화를 낼 타이밍을 잃어버렸다.

포상! 나는 침을 꿀꺽 삼켰다. 인류연맹이 수여하는 전투 영웅 훈장의 포상은 결코 경시할 수 없는 수준이다. 일례로 지난번엔 포상을 잘 받아서 레전드급 유물 무기까지 뽑았다.

나는 크리스티나의 입술에 집중했다.

*   *   *

—포상으로는 기여도 1만, 유니크 스킬 추첨권 1매, 레어 스킬 선택권 3매, 능력치 강화 주사위 12면체 2개, 4면체 10개, 마이스터급 장신구 맞춤권 5매, 그랜드 마스터 셰프의 5성 요리 시식권 3매가 주어집니다!

"오, 오오……."

유니크 스킬 추첨권은 좋다. 랜덤성이 있는 건 아쉽지만 지난번의 슈퍼 레어 스킬 선택권보다 기댓값은 훨씬 높다.

레어 스킬 강화권 대신에 선택권이 온 건 상위 호환이라 할 만하니 매수가 몇 장 준 건 어쩔 수 없지. 그래도 능력치 주사위는 총 눈 수도 평균 눈 수도 다 올라 이전보다 좋다.

마이스터급 장신구도 나쁘지 않지. 마이스터급 방어구 [반격의 봉화]를 받아보니 최소한 슈퍼 레어급은 초월하는 성능을 보여줬으니까.

그런데… 요리 시식권은 대체 뭐지? 밥이라도 먹고 다니라는 건가?

내가 그걸 묻기 전에, 크리스티나가 먼저 입을 열어 잘난 척을 시작했다.

ㅡ이번엔 신경 많이 썼어요. 사실 이진혁 님이 사망하셨을 가능성 때문에 베팅을 높게 건 것도 있지만요. 그런데도 다 받아들여져서 놀랐어요. 그만큼 새로운 영웅의 죽음이 인류 연맹의 구성원 모두에게 충격적으로 받아들여졌던 거겠죠.

하긴 크리스티나는 내 프로듀서다. 그리고 내게 되도록 유리하도록 움직이는 것이 그녀의 일이고. 그렇다 보니 내게 온 이 막대한 포상을 두고 그녀가 자랑스러워하는 건 별로 부자연스러운 일이라고 볼 수는 없었다.

그런데 크리스티나의 이야기를 듣다 보니 문득 호기심이 들었다.

"만약 내가 죽었으면 그 보상들은 어떻게 되는 거야?"

—인류연맹의 국고에 환수됐었겠죠. 환금성이 있는 품목의 경우 민간에 돌려서 경매를 진행하게 될 테고요. 저로서는 별로 생각하고 싶지 않은 경우의 수네요.

"그렇군……."

크리스티나는 언급하지 않았지만, 그걸 원했던 세력도 없지는 않았으리라. 돈이 모이는 곳에는 속물이 꼬이게 마련이니까.

—뭐, 살아 돌아오셨으니 됐어요!

크리스티나는 환하게 웃었다. 그야말로 심로를 덜었다는 게 눈에 보이는 표정이었다. 하긴 나와의 연락을 담당하는 게 크리스티나인데, 이번 일로 인해 그녀는 꽤 고충을 겪었으리라.

나는 한층 크리스티나에게 미안함을 느꼈다. 그냥 한 마디만 했으면 됐던 일인데. 하긴 나도 이렇게 될 줄은 몰랐지.

—제일 신경을 많이 쓴 건 5성 요리 식사권인데, 그랜드 마스터 셰프 정도 되면 예약이 잔뜩 밀려 있어서 아무리 돈이 많고 지위가 높아도 못 먹을 수도 있거든요. 그런데 이번의 대대적인 추모 분위기 덕에 우선권을 따낼 수 있었어요! 에헴!!

아니, 에헴이라고 해도 말이지. 나 식도락에는 크게 관심이 없는데.

하지만 저렇게 자랑스러워하는 크리스티나에게 찬물을 끼얹는 것도 좀 그랬기에, 나는 굳이 불만을 표시하지는 않았다. 그러나 그런 내 노력은 별로 의미가 없었다.

─아, 표정을 보아하니 그랜드 마스터 셰프의 5성 요리 식사권이 얼마나 가치 있는지 모르시는 것 같군요. 그럼 알려드리죠!

크리스티나는 눈치도 빠르게 바로 설명에 들어갔다.

─그랜드 마스터 셰프의 요리는 최고의 요리사가 최고의 재료를 최고의 상태로 조리하면 어떤 기적이 일어나는지 목격하는 것만으로도 삶의 이유를 찾을 수 있다고까지 일컬어지는 궁극의 요리랍니다! 맛보는 것만으로도 버프가 걸리고 영구적으로 능력치가 오르기도 하며 간혹 새로운 특성에 눈을 뜨는 분도 계세요!!

심드렁하니 크리스티나의 설명을 듣던 나는 후반부의 내용에 흥분해서 자리를 박차고 일어나지 않을 수가 없었다.

"버, 버프?! 능력치가 올라?! 새로운 특성?!"

─후후후, 이제야 진가를 눈치채신 것 같군요. 뭐, 새로운 특성을 얻는 경우는 극히 드뭅니다만. 어쨌든 그 기회가 주어진다는 것만으로도 모든 인류연맹의 구성원들이 마스터 셰프의 요리를 맛보길 바라 마지않는답니다! 그것도 5성 요리라니!! 설령 영웅이라고 해도 쉽게 맛볼 수 없는 경지의, 말 그대로 지고의 요리란 뜻이에요! 정말 부럽네요!!

크리스티나는 진심으로 부러워하는 것 같았다. 자신이 지나치게 흥분했다는 걸 뒤늦게 눈치챈 건지, 헛기침을 한 번 한 크리스티나는 아까보다는 가라앉은 목소리로 말했다.

―아쉽게도 원하는 효과의 요리를 주문할 수는 없지만요. 그냥 식사권을 사용하시면 그 시점에서 셰프가 가장 자신 있어 하는 요리가 인벤토리로 배달되어 와요.

"랜덤인가."

―그렇게도 표현하죠.

원하는 때에 원하는 버프를 받을 수 없는 건 아쉽지만, 그래도 대단한 것에는 변함이 없다. 랜덤이라고 한들 버프는 버프니 어떤 식으로든 도움이 될 터. 다음에 인퀴지터를 잡기 직전에 식사권을 사용하면 될 것 같았다.

―사용상 주의하실 점은 아이템 정보를 보시면 다 나와 있습니다만, 새삼 말씀드리자면 요리 버프는 중복되지 않습니다. 희소한 예외를 제외하고 버프는 보통 2시간 동안 지속됩니다. 또한 요리 버프의 쿨타임은 공유됩니다. 쿨타임은 12시간입니다.

"한꺼번에 먹지 말라는 소리네."

―정확해요!

식사권에 대해서도 알았으니, 이번 포상에 대한 불만도 싹 사라졌다. 아니, 오히려 지난번보다 좋다고도 할 수 있다.

―그럼 인벤토리를 확인해 주세요!

크리스티나의 말에 따라 내가 인벤토리에서 훈장과 포상을 수령하자, 크리스티나는 손뼉을 짝 치며 말했다.

―그러고 보니 어느새 기여도 25,000을 달성하셨네요. 이제

이진혁 님은 단순 연맹원에서 벗어나 연맹 지휘관으로 진급하셨답니다!

아, 그러고 보니 이번 포상에는 금화 1만 개 대신 기여도 1만이 붙어 있었지. 금화가 더 좋다고 생각했었는데, 이러면 이야기가 달라진다. 물론 연맹 지휘관이 어떤 권리를 얻느냐에 따라 다르겠지만.

─연맹 지휘관은 상점에서 더 많고 다양한 상품을 더욱 저렴하게 구입할 수 있을 뿐만 아니라, 직업소개소를 통해 [그림자 용병]을 소개받고 소환하실 수 있어요!

아, 할인 혜택이 붙나.

안 그래도 슈퍼 레어 스킬을 사려고 마음먹은 시점인데, 할인 혜택은 가뭄에 단비다.

"그런데 그림자 용병? 그건 뭐지?"

─인류연맹의 용병 사무소에 등록된 연맹원들 중 원하는 대상을 용병으로 불러내 고용할 수 있어요. 이때 용병으로 고용되어 소환되는 용병은 연맹원 본인이 아니라 그 그림자를 복제한 거예요. 일종의 실체가 존재하는 환영이라고 볼 수 있고요.

"그래서 그림자 용병이로군······."

본인이 아니라 그림자만 복제되어 날아온다니. 인류연맹의 기술력도 꽤 괜찮은 모양이다. 아니, 기술력이 아니라 스킬력이라고 해야 하려나?

—그림자 용병 고용에는 기여도를 필요로 하고요, 그 기여도는 그림자로 복사된 용병의 원래 주인이 보수로 받아 가게 된답니다. 강력한 용병을 오래 불러내려고 할수록 많은 기여도가 필요하니 참고하세요.

"그렇군. 알았어."

—아, 그리고 그림자 용병을 너무 많이 고용해서 기여도가 25,000 미만으로 떨어져도 연맹 지휘관 지위가 박탈되는 일은 없으니 안심하셔도 돼요! 자세한 사항은 직업소개소에 가시면 더 상세하게 안내받으실 수 있으실 거예요.

기여도의 쓸모가 생긴 건 기쁜 일이다. 게다가 나는 당장 이 새로운 기능을 어디다 쓸 건지 바로 떠올렸다.

—그럼 바로 직업소개소로 가시겠어요?

"응, 부탁해."

레벨 업 마스터의 화면이 바뀌어 주리 리의 모습이 떠올랐다. 나를 목격한 주리 리는 눈을 동그랗게 뜬 채 아무 말도 하지 않았다.

"저기, 주리 리? 왜 그러지?"

—…살아 계셨군요. 지금까지 돌아가신 줄로만 알고 있었습니다.

아무래도 앞으로 진리대주천을 돌릴 거면 크리스티나에게라도 미리 말을 하고 돌려야 할 것 같았다.

—아, 아아. 연맹 지휘관이 되셨군요. 축하드립니다. 연맹 지

휘관이 되셨으니, 이제부터 그림자 용병을 고용하실 수 있게 됩니다.

주리 리는 뒤늦게 신색을 회복하고 아무렇지 않은 듯 내게 안내했지만, 사실 그 내용은 크리스티나에게 이미 들은 내용이다.

"그래. 그래서 바로 용병을 한 명 고용하고 싶은데."

—연맹 지휘관이 고용할 수 있는 그림자 용병은 1차 직업 20레벨까지의 수준으로 제한됩니다만, 이 중에서 고용하고 싶으신 용병이 있으신지요?

의외로 짜네. 그래도 괜찮지만.

"15레벨 이상의 반격가가 필요해."

—적당한 인선이 있습니다. 16레벨의 반격가로서 종족은 오크입니다.

"적당하군. 비용은?"

—한 시간에 기여도 16입니다.

의외로 싸네. 레벨마다 1인 걸까? 뭐, 계산하기 편해서 좋긴 하다.

"고용하지."

내가 그림자 용병 고용을 결정하자, 바로 내 앞에 그림자가 하나 나타났다. 마치 머리부터 발끝까지 시커먼 타이즈를 입은 것 같은데, 약간 투명하다. 실체가 있는 그림자라는 느낌이랄까. 그러고 보니 크리스티나가 그런 이야길 했었다. 그녀가 말한 그대로였다.

"이거 말은 통해?"

—아뇨. 하지만 간단한 명령문을 통해 지시할 수는 있습니다.

"흠, 그래."

생각했던 것하고는 달랐지만 이 정도면 충분했다.

"날 공격해. 이러면 되나?"

다행히 내 지시가 통한 건지, 그림자 용병이 움직이기 시작했다.

반격가라 그런지 무기로 나무 배트 같은 걸 쓰고 있었는데, 그걸 나한테 풀스윙으로 휘둘러 왔다. 비주얼로만 보면 꽤 섬뜩하지만, 나는 그 공격을 쉽게 간파했다.

[막고 던지기]

나는 맨손으로 상대의 공격을 받아내고 바로 반격 스킬을 발동했다. 그러자 내 간파 스킬에 반응이 왔다.

[간파]
—[크로스카운터]

"그거야!"

나는 신나서 소릴 질렀다. 상대의 크로스카운터에, 나는 나
의 크로스카운터를 발동시켰다.

[크로스카운터]
[간파]
ㅡ[크로스카운터]
[크로스카운터]
[간파]
ㅡ[크로스카운터]

"이거야, 이거라고!!"
슉슉슉슉!
나와 그림자 용병 사이에 크로스카운터 스킬이 계속해서
오갔지만, 내가 힘과 속도를 조절했기에 아무도 피해를 입지
않고 계속해서 반격 릴레이를 할 수 있었다. 마치 탁구의 랠리
처럼. 그리고 당연히 수련치는 쭉쭉 차올랐다.
그것은 내가 [크로스카운터] A랭크를 찍고 반격가의 반격을
반격하는 수련치를 꽉 채울 때까지 이어졌다. 아쉽지만 S랭크
를 찍기 위해선 강적에게 크로스카운터로 치명타를 먹이는
수련치가 추가되었기에 그림자 용병만으로 랭크 업을 달성하
긴 무리였다.
"좋군. 그림자 용병. 너무 마음에 들어."

나는 크게 만족했다.

고작 기여도 16 투자로 어떻게 올릴까 고민이 컸던 반격가의 반격 수련치를 이렇게 쉽게 채울 수 있을지는 몰랐다.

"고마워, 주리 리!"

그림자 용병을 돌려보낸 후, 나는 다시 레벨 업 마스터를 켜서 주리 리를 불러내자마자 감사 인사부터 날렸다. 그러자 주리 리는 움찔했다가 우물쭈물하다가 얼굴을 확 붉혔다.

뭐야, 왜 저러지?

―별말씀을. 살아… 계셔서 기쁩니다.

작은 목소리로 그 말을 남긴 뒤, 주리 리의 모습이 휙 사라졌다.

숨은 건가? 귀엽기는.

*　　　*　　　*

그림자 용병의 성능도 확인했으니, 이제 본격적으로 선물 포장을 뜯어볼 때다. 나는 능력치 주사위를 적당히 굴리다가 낮은 수가 나왔을 때 유니크 스킬 추첨권을 사용했다.

[마구: 불꽃 회오리 슛]
―등급: 고유(Unique)
―숙련도: 연습 랭크

―효과: 불꽃을 일으키며 회오리처럼 날아가는 숏.

"이건……. 좋은 건가?"

내 의문은 금방 해결되었다. 이런 시스템 메시지가 날아왔기 때문이다.

―동일 계열 스킬을 4개 이상 소유하고 있습니다.

―[마구: 불꽃 회오리 숏], [독 뿜기], [고치 던지기], [투척]

―스킬 초융합이 가능합니다. 실행하시겠습니까?

"아, 좋은 거군."

[독 뿜기]와 [고치 던지기]는 식인 거미들로부터 뜯어낸 스킬들인데 사용에 선행 스킬을 필요로 해서 내겐 없는 거나 마찬가지였으니, 융합 재료로라도 쓸 수 있으면 좋지.

그런데 [독 뿜기]와 [고치 던지기]는 [투척] 스킬과 같이 보유했어도 합성이나 융합 선택문이 뜨지 않았는데, 뭔가 조건이 또 따로 있는 거려나?

"아, 불꽃 회오리 숏이 마법 계열이자 투척 계열인 걸지도 모르겠네."

아무래도 불꽃 회오리 숏이 서로 다른 세 스킬을 묶어주는 역할을 해준 모양이다. 어떻게 보면 나도 몰랐던, 하지만 내게 딱 필요했던 스킬이 들어온 거니 이것도 운이 좋았다고 할 수 있겠다.

이것도 행운 덕인가! 그렇다고 해두자.

그건 그렇고, 융합 재료 중 S랭크가 하나밖에 없는 상태에서 초융합을 실행하긴 좀 아깝다. 결국 이것도 보류.

[마구: 불꽃 회오리 슛]의 랭크를 올리면서 적당한 재료가 될 스킬을 하나 더 찾아보는 게 좋을 것 같았다.

"그리고 여기에 레어 스킬 선택권이 있지……."

같은 계열의 레어 스킬을 골라 받아서 융합 재료로 넣으면 된다. 물론 받고 나서 랭크까지 올리면 더 좋고 말이다. 그런 생각을 한 나는 선택권을 뽑아보았다.

"…히익!"

레어 스킬의 목록은 굉장히 길었다. 비명이 절로 나올 정도로.

나는 조용히 스킬 목록을 닫았다.

아무리 융합 재료로 쓴다지만 스킬의 특성이 결과물에 어느 정도 반영되는 융합의 특성상 이걸 다 읽어보지 않을 수는 없다. 이건 언제 시간을 내서 진득하게 읽은 후 심사숙고해 결정할 필요가 있을 것 같았다.

"뭐, 이것도 배부른 고민이지."

다음은 마이스터급 장신구다! 이번에도 옵션은 내가 지정할 수 있었기에, 나는 마이스터급 선호 옵션을 다섯 개 다 행운으로 지정하고 주문을 넣었다. 각기 왼손 엄지, 검지, 중지,

약지, 새끼손가락에 낄 반지로 사이즈까지 다 일일이 재서.

"반지들이 다 도착하면, 앞으론 왼손으로 주사위를 굴려야겠군."

그런 혼잣말을 하며 나는 웃었다.

이제 남은 건 시식권뿐인데, 시식권도 버프를 최대한 받아먹기 위해 나중으로 돌렸다. 이로써 당장 결정을 내리거나 해야 할 일은 없어졌다.

보상을 소화하는 건 이걸로 일단락을 지어도 될 것 같았다.

"자, 그럼 이제 움직여 볼까?"

한 달이나 같은 곳에 주저앉아 있었더니 슬슬 좀이 쑤셨다. 시간이 이만큼 지났는데도 교단의 추적자가 찾아오지 않은 걸 보니 안전도 어느 정도 확보된 것 같고.

무엇보다 버프들의 쿨타임이 다 지나서 인퀴지터와 맞닥뜨려도 적어도 아무것도 못 하고 죽을 염려도 사라졌다.

그럼 더 이상 질질 끌 필요가 없지.

"가자!"

새로운 모험을 향해!

＊　　　＊　　　＊

침엽수림은 꽤 넓었다. 그리고 그 넓은 침엽수림에 흡혈 나무가 점점이 박혀 있었다. 마치 누군가가 의도적으로, 효율적으로 배치해 둔 것처럼.

각 흡혈 나무들이 자신들의 영역에 민감하기에 결과적으로 그렇게 되었다고 해도 되지만, 그런 것치고는 흡혈 나무와 다음 흡혈 나무 사이의 간격이 너무 일정했다.

미니 맵으로 보면 그게 더 확실히 드러난다. 흡혈 나무의 위치를 점으로 찍고 그걸 선으로 이으면 마치 바둑판처럼 보일 정도였으니까.

이것도 교단의 짓일까? 확실하지 않지만, 그럴 가능성을 완전히 배제할 수는 없었다.

그러나 적어도 흡혈 나무를 죽인다고 인퀴지터가 찾아올 것 같지는 않았다. 당장 내가 이 침엽수림에 온 첫날 흡혈 나무를 죽이고 그 자리에 앉아서 한 달을 보냈으니까.

그동안 아무런 태클이 걸려오지 않았으니, 몇 그루쯤 더 죽여도 별문제야 없을 것이다.

흡혈 나무는 지능이랄 게 거의 없었다. 움직이는 것에는 뭐든 반응하고 대단히 적극적으로 공격해 왔다. 생각해 보면 숲인데 사냥할 만한 동물이 단 한 마리도 보이지 않는 건 이 흡혈 나무들 때문일 터였다.

아니, 침엽수의 가지가 바람에 흔들리는 것에는 반응하지 않는 걸 보면 어쩌면 지면의 진동을 감지하고 달려드는 것일지도 모른다.

그런 생각을 떠올리고 직접 실험을 한번 해보니 내 가설이 맞는 것 같았다.

　섬전 신속으로 지면을 딛지 않고 눈앞까지 가도 반응을 안 했으니까. 아무리 그래도 흡혈 나무의 가지 위에 앉으면 공격해 왔지만.

　어쨌든 흡혈 나무와 조우할 때마다 꾸준히 퀘스트가 부여되었고, 해치울 때마다 금화와 기여도가 들어왔기에 나로서도 나쁠 건 없었다. [마구: 불꽃 회오리 슛]과 [힘의 말: 죽어라!]의 수련치도 꾸준히 차오르고 있었고.

　―퀘스트 완료 보상: 금화 200개(+100%), 기여도 200(+100%)

　초보자 세트 C에 포함되어 있던 부스터들이 전부 기간이 끝났기 때문에 부스터를 생돈 주고 사야 했지만 별로 손해 보는 기분은 아니었다. 7일짜리 금화 부스터 하나가 금화 20개였는데, 영웅 할인 20%에 지휘관 할인 5%를 받았으니까.

　금화, 기여도, 경험치 부스터를 다 사봐야 금화 50개가 안 된다. 흡혈 나무를 딱 한 그루만 쓰러뜨려도 그 두 배 이상 버는데 안 살 이유가 없었다.

　한 가지 아쉬운 점을 꼽자면 이 흡혈 나무들이 너무 약해서 경험치만큼은 전혀 쌓이지 않는다는 점이었다. 이래서야 반격가 16레벨을 다는 것도 힘들다.

"역시 인퀴지터를 잡아야 해."

인퀴지터 상대로 나대지 않기로 한 나였지만, 성장하기 위해서는 인퀴지터를 적극적으로 노려야 하는 딜레마 앞에서 나는 무력했다.

"역시 필드 보스를 찾아내 죽이고 인퀴지터를 불러내야겠어."

안전한 것도 좋지만 아무런 위험도 없이 어떻게 성장하겠는가? 나는 각오를 다졌다.

"그 전에 흡혈 나무부터 좀 잡고."

돈부터 좀 벌고.

*　　　　　*　　　　　*

이진혁이 흡혈 나무 사냥에 여념이 없을 무렵.

그들은 창문 하나 없는 작은 방에서 테이블 하나 놓고 둘러앉아 있었다.

네 자리 중 두 자리는 비어 있었다.

남은 두 남자가 둘이서 인디언 포커를 하고 있었다. 그러나 두 남자는 그 게임을 즐기고 있지도 않았고, 별로 집중도 못하고 있는 것으로 보였다.

"새티스루카와 프랑시안이 돌아오지 않은 지 어느새 한 달이 지났어."

새티스루카의 오른편에 앉아 있던 남자가 문득 말했다. 늘 유쾌한 표정을 짓던 그의 얼굴은 보기 드물게도 굳어 있었다.

"……."

새티스루카의 왼편에 앉아 있던 남자는 입을 다문 채였다.

"분명히……. 무슨 일이 생겼어. 보통 일은 아닐 거야. 어쩌면 만마전의 악마들이 끼어든 것일 수도 있어. 아니면 둘 중 누군가가 우릴 배신했든가."

새티스루카의 오른편에 앉아 있던 남자는 연신 부정적인 말을 토해내고 있었다. 왼편의 남자는 여전히 반응이 없었다. 그냥 떠들도록 내버려 두는 것처럼 보였다.

"…상부에 보고해야 하지 않을까?"

"안 돼."

왼편의 남자가 드디어 입을 열었다. 새티스루카나 프랑시안 앞에서는 소심해 보였던 남자답지 않은 반응이었다.

"아샨타, 진정해. 그리 큰일은 아닐 거야. 이 방은 갑갑하잖아. 모처럼 나갈 수 있는 기회도 생겼겠다, 그 핑계로 둘이서 놀러 다니고 있는 걸지도 모르지."

"그, 그렇겠지? 그랬으면 좋겠군. 아니, 그럴 거야."

왼편의 남자가 한 말에 오른편의 남자, 아샨타는 급격히 안정을 되찾았다. 그러나 그의 표정은 곧 다시 굳어졌다.

"베, 베르지에르."

"무슨 일이야, 아샨타?"

"메시지가 떴어. B—10지역부터 B—20지역에 걸쳐 배치된 청소기가 다수 파손되었다고… 자가 복구가 불가능한 수준이라고!"

아샨타의 표정은 매우 불안해 보였고, 그의 목소리는 심하게 떨리고 있었다. 그런 아샨타를 베르지에르는 잠깐 바라보다가 아무렇지 않은 듯 이렇게 말했다.

"그럼 가봐야겠네."

"베르지에르!"

"왜 그래, 아샨타?"

"나, 나는……. 무서워. 지금 갔다간 돌아오지 못할 것 같은 예감이 들어."

아샨타의 얼굴은 새파랗게 질려 있었다. 그는 습관처럼 자신의 엄지를 입으로 가져가려다가 가까스로 멈췄다. 베르지에르는 아샨타가 이야기를 완전히 끝낼 때까지 기다렸다가 입을 열었다.

"아샨타, 그렇지 않아. 새티스루카와 프랑시안은 돌아오지 못한 게 아니라 돌아오지 않는 거야. 둘이서 노느라 바쁜 거지. 너도 가서 함께 어울리면 되잖아?"

베르지에르의 목소리는 따스했다. 어린애를 안심시키듯 부드러운 음성으로 말했다.

"괜찮을 거야. 아무 일도 없을 거야. 불안해하지 말고 다녀와."

"…그렇다면 베르지에르. 나랑 같이……."

"안 돼."

베르지에르의 시선은 아주 잠깐 차가웠다.

그러나 그것도 찰나에 불과했고, 베르지에르는 다시 웃으며 말했다.

"누군가는 이 상황실을 지켜야 하잖아? 우린 함께 갈 수 없어. 그리고 B지역의 관리자는 너잖아? 각자 소임을 다해야지."

"…그, 그렇지. 그래, 맞아. 네 말이 맞아, 베르지에르. 각자 소임을 다해야지."

멍하니 베르지에르를 보던 아샨타는 곧 안정을 되찾고 고개를 주억거렸다. 그러나 그 입가는 그 자신도 인지하지 못할 정도로만 미세하게 비틀려 있었다.

"아무 일도 아닐 거야. 아무 일도 아닐 거야."

아샨타는 엄지손톱을 깨물다가, 곧 무심한 표정으로 말했다.

"다녀올게, 베르지에르."

"기다릴게, 아샨타."

베르지에르의 목소리는 마지막까지 부드러웠다.

*　　　　*　　　　*

나는 흡혈 나무를 찾아 침엽수림을 방황했다. 사실 흡혈 나무 위치가 빤해서 방황이랄 것도 없었지만. 바둑판의 다음 칸을 찾아가는 단순 작업이었다.

이동하는 동안에는 틈틈이 레어 스킬 목록을 읽었다. 흡혈 나무를 잡을 때 쓰는 스킬이 마나를 소모하는지라, [진리의 극]으로 자연스럽게 마나를 회복하면서 이동하기 위해 속도를 좀 조절했기에 가능한 일이었다.

숨만 쉬어도 마력이 회복된다니… 역시 레전드급 스킬은 달라. 그 성능에 전율한다!

어쨌든 흡혈 나무 토벌 퀘스트만으로 대충 금화 2만 개 정도를 벌었으니, 대충 100그루 좀 넘게 잡은 것 같다. 그때쯤 해서 나는 선택할 레어 스킬을 대충 정했다.

[정지 Stop]

―등급: 희귀(Rare)

―숙련도: 연습 랭크

―효과: 대상의 움직임을 잠시 멈춘다.

[라이트닝 볼트 Lightning blot]

―등급: 희귀(Rare)

―숙련도: 연습 랭크

―효과: 번개 화살을 쏜다.

[정지] 스킬은 [힘의 말: 죽어라!]를 비롯한 상태이상 스킬들과 융합시키기 위한 재료 스킬이고, [라이트닝 볼트]는 [마구: 화염 회오리 슛]을 비롯한 투척 스킬들과 융합시키려고 선택한 재료 스킬이다.

이 두 스킬을 선택해 선택권을 썼더니, 예상했던 시스템 메시지가 출력되었다.

─동일 계열 스킬을 5개 이상 소유하고 있습니다.
─[힘의 말: 죽어라!], [현혹], [정지], [마비 마안], [슬로우]
─스킬 승화가 가능합니다. 실행하시겠습니까?
[주의!] 승화에 사용한 스킬은 다시 얻을 수 없습니다.

─동일 계열 스킬을 5개 이상 소유하고 있습니다.
─[마구: 불꽃 회오리 슛], [라이트닝 볼트], [독 뿜기], [고치 던지기], [투척]
─스킬 승화가 가능합니다. 실행하시겠습니까?
[주의!] 승화에 사용한 스킬은 다시 얻을 수 없습니다.

Chapter 7

"역시."

뭔가가 있을 줄은 알았다. 초융합 다음에는 승화인가. 나는 승화라는 키워드에 시선을 집중했다. 그러자 상세한 설명이 출력되었다.

[스킬 승화]

—동일 계열의 스킬 5개를 모아 승화시킬 수 있습니다.

—스킬 승화로 얻는 승화 스킬은 재료가 된 스킬들과는 전혀 다른 성질의 스킬이 됩니다.

—숙련도는 가장 높은 재료 스킬의 것보다 확실히 높아집니다.

―랭크는 가장 높은 재료 스킬의 것보다 확실히 높아집니다.

―강화 단계는 가장 높은 재료 스킬의 것보다 확실히 높아집니다.

[주의!] 지나치게 높은 숙련도의 스킬은 사용자에게 특정 조건이나 자원, 혹은 자격을 요구할 수 있습니다.

읽어보니 초융합하고는 또 조건이 달랐다. 초융합은 S랭크가 많을수록 좋았지만, 승화는 반드시 그럴 필요는 없는 것 같았다.

새로 얻은 스킬들의 랭크가 좀 낮긴 하지만, 이걸 억지로 올릴 필요는 많이 줄어들었다.

대신이라고 하긴 좀 뭐하지만, 주의 문구가 신경 쓰인다.

"조건이나 자원, 자격?"

이게 대체 뭘까? 불안한데.

마나나 내공을 필요로 하는 거라면 이런 문구가 붙진 않을 것이다.

이제까지도 그런 스킬을 몇 개 얻었지만, [주의!]까지 붙이면서 알려주진 않았으니까.

"어쩌면 2차 직업이나 최종 직업을 필요로 하는 걸지도 모르지."

만약 내 예상과 같은 결과가 뜨면 골치 아파진다. 꽤 쓸 만한 유니크 스킬을 소모해서 지금 당장은 아무짝에도 쓸모없을 복권을 얻게 되는 셈이니.

사실 레어 스킬 선택권이 한 장 남았으니 이걸 이용해서 스킬 6개를 합쳐볼까도 생각했었는데, 승화부터 이런 문구가 붙는다면 좀 애매해진다.

"…그냥 안전하게 초융합을 해?"

초융합은 한번 해봐서 어떤 건지 알고 있다. 승화는 아직 해보지 않아 잘 모른다. 무지에서 오는 공포는 이런 데서도 여지없이 통용된다.

죽은 흡혈 나무 아래에서 꿍꿍거리며 고민했지만, 나는 장고 끝에 결정을 내렸다.

"질러보자!"

[투척]은 꽤 쓸모 있는 스킬이지만 일반 스킬이고, [독 뿜기], [고치 던지기]는 어차피 지금은 쓸모없다.

[마구: 불꽃 회오리 숏]이 좀 아깝긴 하지만 [힘의 말: 죽어라!]보다는 덜 멋있으니 이쪽을 희생시키는 편이 낫겠다 싶었다.

나는 링링을 불러 투척 스킬 북 다섯 권을 구매했다. 그리고 강화를 진행했다.

[투척]+5.

큰 이변 없이 강화는 줄줄이 성공했다. 5강까지 말이다. 이런 거에 익숙해지다간 10%는 확률로 안 보일지도 모르겠는데.

어쨌든 남은 능력치 주사위를 낮은 눈이 나올 때까지 던져 행운 보정도 끝내놓았다.

이걸로 모든 준비는 끝났다.

이제 승화를 승인하는 것만이 남아 있다.

"자, 그럼 저질러 볼까?"

─동일 계열 스킬을 5개 이상 소유하고 있습니다.

─[마구: 불꽃 회오리 슛], [라이트닝 볼트], [독 뿜기], [고치 던지기], [투척]

─스킬 승화가 가능합니다. 실행하시겠습니까?

"오케이. 스킬 승화!"

─스킬 승화에는 스킬 포인트가 301 필요합니다.

─스킬 승화를 승인하시겠습니까?

"승인!"

─스킬 승화를 실행합니다.

*　　　　*　　　　*

[???]+6

─등급: 신화(Myth)

─숙련도: ???랭크

─효과: ???

[주의!] 이 스킬의 열람 및 이용에는 [신성]이 필요합니다.

나는 한동안 그 자리에 굳어 있을 수밖에 없었다.

"…신성이라니."

생각지도 못한 조건이다. 그리고 최악의 조건이기도 하다. 차라리 2차 직업이나 최종 직업을 요구했다면 나중에라도 쓰지. 신성이라니.

"난 신이 아니라 인간이란 말이다!!"

나는 격노해서 고래고래 소릴 질렀다. 그래도 분이 풀리질 않았다.

"내 스킬!"

투척 말고는 다 최근에 받거나 적에게서 뜯어낸 스킬이라곤 해도, 내가 고생해서 얻은 스킬들이었다. 그 스킬들을 갈아 넣어서 얻은 게 고작 이 물음표 덩어리라니!

"으아아아아!!"

이렇게 화가 난 건 고유 퀘스트를 간신히 깨고 그 보상을 받은 이래로 처음이다. 이런 부조리한 결과물에 화를 참을 수 있다면 그건 인간이 아니다. 그리고 나는 인간이다!

내 분노에 반응해, 전신의 마력이 일렁이기 시작했다. 마력이 몸 밖으로 새어 나가지 않도록 컨트롤하고 있던 게 풀리면서 이런 현상이 일어나는 듯했다. 물론 지금의 내게 이 현상을 냉철하게 분석하고 있을 이성 따위 있을 리가 없었다.

"하아아아아!!"

오히려 나는 마력을 폭발시켰다. 불꽃이 튀고 뇌전이 달린다. 그리고 나는 이 불꽃과 뇌전을 내 마음대로 다룰 수 있음을 본능적으로 알아차렸다.

―[숨겨진 옵션] 개방!

[진리발출]: 마력을 불꽃과 뇌전으로 변환할 수 있게 되고, 그렇게 생성한 불꽃과 뇌전을 다룰 수 있게 된다.

"푸하, 푸하하하핫!!"

나는 웃음을 참지 못했다. 들끓던 분노는 온데간데없었다.

아니, 세상에. 뽑기 망했다고 분노해서 마력을 휘둘러 화풀이를 하는데 이걸 계기로 새 능력을 각성하다니. 이런 경우가 또 있을까? 부끄럽고도 황당하다 못해 웃겼다.

진리발출의 개방 조건은 마력을 되는 대로 마구 휘두르는 거였나. 이걸 몰랐군.

화르륵.

나는 마력을 손 위로 뽑아내 불꽃을 만들어보았다. 그리고 죽은 흡혈 나무의 가지를 하나 꺾어 훅 뿜어보니 불이 잘 붙었다.

"후……."

마력을 회수하니 손 위의 불꽃은 꺼졌다. 나뭇가지의 불은 여전히 남았고.

"이제 불 피울 걱정은 안 해도 되겠군."

나는 불붙은 나뭇가지를 발로 밟아 불을 껐다.

해볼 실험은 이게 전부가 아니었다. 나는 내가 불꽃과 뇌전을 어떤 식으로 다룰 수 있는지, 최대 화력과 유지력, 가장 효율적인 사용법은 뭔지에 대해 다 알아야 했다.

내가 만약 스킬을 스승에게서 배워 처음부터 습득했다면 이럴 필요가 없었겠지만, 난 어디까지나 하늘에서 갑자기 떨어진 [진리대마공]을 익힌 상태였다. 스킬이라는 형태로 말이다.

이미 숙련도는 S랭크인 상태지만, 이마저도 초융합으로 얻은 것이지 나 자신의 숙련도와는 별 관계가 없다. 그러니 일단은 내가 익숙해져야 했다.

"…오오."

빠지직, 하면서 전기가 튀었다. 불꽃과 전기를 구분하는 방법은 생각 외로 어려웠는데, 처음 진리발출을 각성할 때 두 에

너지를 모두 뽑아내었기 때문이다. 이미 물에 녹아버린 설탕을 다시 건져내는 것 같은 작업이었으나, 다행히도 불가능하지는 않았다.

실제로 이렇게 전기만을 뽑아낼 수 있게 되었고 말이다.

"야압!"

쫘르릉!

최대한 강력하게, 뇌전만을 뽑아내 보자 꽤 굵직한 번개가 뽑어져 나갔다. 모르긴 몰라도 이 정도면 [라이트닝 볼트] 정도의 위력은 있지 않을까?

"흠."

마나는 10% 정도 소모된 상태였다. 내 실력으로는 10%가 최대 출력인 것 같았다. 익숙해지면 더 출력을 뽑아낼 수 있을 것 같은 느낌인데. 어떨려나.

그렇게 자리에 주저앉아 한참 동안이나 진리발출의 성능을 점검하고 있을 때였다.

아무런 전조도 없이, 갑자기 이런 메시지가 줄줄이 내 망막을 타고 흘렀다.

—도적 코볼트의 우호도가 255 상승했습니다.
—도적 코볼트가 당신을 신으로 섬깁니다.
—도적 코볼트의 우호도가 신앙심으로 치환됩니다.
—현재 당신의 신앙 점수: 21포인트

—당신을 섬기는 추종자의 숫자가 100을 넘었습니다.

—[이진혁교]가 발생했습니다!

—해당 종교는 원시 신앙의 형태를 띱니다.

—종교의 심볼이 불꽃으로 지정되었습니다.

—이제 당신과 당신의 추종자들은 불 주변에서 전투력 +5의 효과를 얻습니다.

—이제 이진혁의 추종자들이 15일에 1씩의 신앙 점수를 생산하게 되었습니다.

—[이진혁교]의 발생으로 인해 신앙의 대상이 된 당신은 [미약한 신성]을 얻었습니다.

*   *   *

이진혁이 미약한 신성을 얻기 직전의 일이다.

'작은 방'을 나온 교단의 인퀴지터이자 B지역의 관리자, 아샨타가 향한 곳은 시스템 메시지가 알려준 B지역이 아니었다.

"내가 바보인 줄 알아? 내가 멍청인 줄 알아?"

아샨타의 눈에는 눈물이 맺혀 있었다.

"이대로 혼자 가면 나도 죽을 뿐이야. 적어도, 적어도 힌트는 있어야지!"

지금 B지역에서 날뛰는 존재가 어떤 존재인지, 작은 힌트라도 있어야 대항할 방법이 뭐라도 생길 것이다. 아샨타는 그렇게 생각했다.

'그래, 내가 겁쟁이인 건지도 모르지.'

어쩌면 별일 아닐지도 모른다. 자기가 지레 겁먹어 추하게 몸을 사리는 것일지도 모른다. 그렇더라도 아샨타는 이런 데서 목숨을 걸 생각이 없었다.

조금 추하더라도 안전하게. 그것이 아샨타의 목숨을 지금까지 붙여놨으니까.

베르지에르의 힘을 빌리는 데는 실패했다. 그래도 혼자 갈 생각은 없었다. 그래서 아샨타는 D지역과 E지역의 경계를 가르는 곳에 와 있었다.

"새티스루카! 프랑시안!! 어디야!!"

평소에는 유쾌함을 가장하고 있던 아샨타지만, 지금의 목소리에는 조금도 여유가 없었다.

"어디 있냐고, 관리자!"

대답은 돌아오지 않았다. 둘 중 누구의 대답도.

아샨타의 목소리가 들리지 않아서 대답하지 않았다는 변명은 통하지 않는다. 아샨타의 외침은 스킬이었으니까.

[외치기] 스킬.

대상과 지역을 지정하고 사용하면 그 지역에 있는 대상에게는 반드시 의사가 전달된다.

방금 아샨타는 새티스루카와 프랑시안을 지정해 스킬을 사용했으므로, 적어도 D지역과 E지역에 둘 중 누군가가 있다면 반드시 들었을 터였다.

그럼에도 대답이 돌아오지 않는 거라면, 둘 중에 하나였다.

둘 다 죽었거나.

둘 다 배신했거나.

"젠장……! 정말이냐……?"

전자라도 절망적이지만, 후자라면 위험하다. 방금 쓴 [외치기]로 인해 아샨타는 본인이 여기 왔음을 두 관리자에게 알린 거나 마찬가지니까.

적이 된 두 관리자가 아샨타를 합공해 온다면 그로서도 목숨을 보장하기 힘들다.

"내가 선택을 잘못한 거려나……."

차라리 베르지에르를 억지로라도 데려오는 게 어땠을까. 베르지에르는 아샨타보다 약하니, 제압해서 말을 듣도록 강제하면 데려올 수는 있었을 것이다.

그러나 베르지에르에게 반감을 사는 건 별로 좋은 판단인 것 같지는 않았다. 아샨타는 적을 늘리는 것을 좋아하지 않았다. 반감을 살 거면 그 전에 죽이는 게 옳았다.

"베르지에르 놈. 사람 차별하고 말이야. 전부터 마음에 안 들었어."

베르지에르는 아샨타를 얕보는 경향이 강했다. 적으로 돌리지 않기 위해 좋은 게 좋은 거라는 식으로 대응해 주다 보니 얕보인 것일지도 몰랐다.

어쨌든 아샨타는 베르지에르와의 그 사소한 반목 때문에 자신의 의견을 밀어붙이길 포기했고, 이렇게 혼자 여기까지 왔다.

이미 주사위는 던져졌고, 결과를 기다리는 일만이 남았다.

"!"

아샨타가 E지역에서 일어난 변고를 눈치챈 것은 그때의 일이었다. 그는 시선을 돌려 안구에 힘을 주었다.

스킬 [천리안].

시야가 좁아지는 단점이 있지만 멀리 보기에 이보다 더 좋은 스킬도 드물다. 더욱이 지금처럼 봐야 할 것이 한정되는 상황에선 더더욱.

"이럴 수가……."

보고자 한 곳을 본 아샨타는 할 말을 잃었다. 그는 새티스 루카와 프랑시안이 배신한 상황을 최악이라 여겼던 스스로를 한심하게 여겼다.

"이게 진짜 최악이로군……!"

만약 모든 것이 제대로 돌아가고 있었다면 수십조차 살아남지 못해야 할 세균들이었다.

아니, 수십이 무언가! 식량과 물을 끊고 살균 병기까지 배치한 데다 환경 악화까지 진행시켰으니, 사실은 다 죽어 있어야 정상이었다.

그런데 그 세균들이 최소한 일백이 모여 있었고, 불에다 대고 절을 한다는 종교적 행위까지 자행하고 있었다.

상부에서 알면 관리자들을 가만두지 않을 최악의 상황이었다.

아니, 이미 관리자들은 이 세상에 남아 있지 않으리라.

아샨타는 직감했다.

"새티스루카… 프랑시안… 너희들은 이미 죽었구나……!"

누군가가 살균 병기들을 파괴하고 관리자들까지도 살해하지 않으면, 이런 일은 도저히 일어날 수가 없으니까.

"이단 발생이라니!!"

이미 상황은 걷잡을 수 없을 정도로 번졌다.

아샨타는 혼자 힘만으로는 이 사태를 도저히 해결할 수 없음을 깨달았다.

*　　　*　　　*

왜 내게 원래 없던 신성이 갑자기 생겼는지는 시스템 메시지만 봐도 유추가 가능했다. 갑자기 오른 도적 코볼트의 우호도, 그리고 추종자가 100을 넘겼다는 알림. 아마도 도적 코볼트 무리가 드워프, 오크와 합류한 것이 원인일 터였다.

뭐가 어떻게 된 건지 자세한 내력을 파보자면 뭔가 더 복잡한 사정이 있겠지만, 나는 굳이 그것까지 유추하려 애쓰지는 않았다.

왜냐하면 지금 당장 중요한 건 내게 미약하나마 신성이 생겼다는 것, 이 한 줄이었으니까.

그리고 신성이 생겼다는 것이 중요한 이유는 당연히 이 스킬 때문이었다.

[뇌신의 징벌]+6
　—등급: 신화(Myth)
　—숙련도: EX랭크
　—효과: 번개를 던져 피해를 줍니다. 이 스킬은 신성이 높을수록 강화됩니다.

신화 스킬! 신성을 얻게 된 결과, 나는 본래 물음표로 점철되어 있었던 신화 스킬의 내용을 조금이나마 알 수 있게 되었고 스킬을 사용할 수 있는 자격 또한 손에 넣었다.

"그런데……."

나는 입맛을 다셨다.

처음으로 얻은 신화 스킬에 6강 스킬, EX랭크 스킬이건만 그 효과는 단출하기 그지없었다.

불꽃 회오리 숯을 갈아 넣었는데 불꽃이랑 회오리는 어디 가고 왜 번개? 아니, 스킬 효과 설명이 왜 라이트닝 볼트랑 똑같지?

누구 멱살이라도 잡고 따지고 싶은 기분이지만, 잡을 멱살이라곤 내 멱살밖에 없었다. 도박하는 기분으로 스킬 승화를 승인한 건 나니까.

그나마 한 가지 위안이 되는 건 신성을 얻을수록 강력해진다는 문구 한 줄뿐이었다.

혹시나 싶어 확인해 본 세부 설명에는 [숨겨진 옵션]만 가득했다. 아마 신성이 성장함에 따라 개방되는 거겠지. 안 봐도 아침 드라마다.

"나중을 바라봐야 하나……."

지금 내 입장에선 당장 전력이 되는 강력한 스킬이 더 간절하지만, 결과가 이렇게 나와 버린 건 어쩔 수 없다.

그저 [이진혁교]가 잘 커서 내게 더 큰 신성을 가져다주길 바라는 수밖에.

그래도 한번 써보기는 해야 할 것 같아서, 나는 침엽수림 바깥으로 나가기로 했다. 숲속에서 써봐도 괜찮을 일이지만, 혹시 번개가 잘못 맞으면 불이 날 수도 있으니까.

"설마 명색이 신화급 6강 EX랭크 스킬인데 불도 못 내겠어? 미리미리 조심해야지."

다소 기대를 담아 목소리를 키워 혼잣말을 해봤지만 허망함만이 커질 뿐이다. 나는 입 다물고 조용히 이동했다.

숲 밖으로 빠져나오는 데는 그리 오래 걸리지 않았다. 애초에 흡혈 나무를 잡으면서 꽤 이동을 한 상태였으니까. 숲 바깥이 어느 쪽인지도 인지를 한 상태였다.

그럼에도 불구하고, 알고 있다는 것과 직접 본 것은 이야기가 달랐다.

"와……!"

나는 탄성을 터뜨렸다. 아니, 이건 절로 터져 나온 거다.

"바다다!"

이게 얼마 만에 본 바다지? 튜토리얼 세계에 홀로 남겨졌을 땐 시간이 얼마나 지났는지 의식하고 세어본 적은 없어서 확실하게는 모르지만, 대충 잡아도 몇 백 년 만에 본 바다다.

튜토리얼 세계에 바다는 없었으니까.

끝없는 물, 시끄러운 파도 소리! 석양에 빨갛게 물든 백사장!! 수평선 너머로 천천히 삼켜지고 있는 태양의 모습을 바라보며 나는 마치 태어나서 처음 바다를 본 사람처럼 흥분했다.

"와아아아악! 하하하!!"

신화급 스킬에 대한 실망감은 이미 간 곳 없고, 나는 신이 나서 소릴 질러댔다. 속이 뻥 뚫리는 기분이다.

그래서 위화감을 느끼는 게 조금 늦어졌다.

"…이 바다, 비린내가 나질 않는군."

이 연안에선 바다 특유의 비린내가 조금도 나질 않았다.

그 이유를 유추하는 건 어렵지 않았다.

"물고기가 없기 때문이겠지."

생각해 보면 당연했다. 숲에도 동물이 없는데, 바다라고 생선이 있을까.

240 레전드급 낙오자

이 드넓은 바다 전체의 물고기를 다 없애 버렸을 수도 있다. 만약 그렇다면 교단의 힘이 천지를 갈아엎을 정도라는 소리니 내게 호재는 아니지만 말이다. 적어도 이 연안에 물고기가 들어오지 않도록 뭔가 조치가 취해진 것 같긴 했다.

그걸 깨닫자, 바다를 보고 들떴던 마음은 순식간에 가라앉았다.

"쳇."

흥이 확 식었다. 온천인 줄 알고 들어갔던 탕이 수돗물 데운 것이란 소릴 들은 것 같은 기분이다. 하긴 그렇지. 비린내도 안 나고 생명 하나 존재하지 않는 저게 파도 풀이지, 어떻게 바다라 할 수 있겠는가?

혀를 한 번 끌끌 차고 백사장의 모래를 몇 번 발끝으로 차 올렸다.

"아니, 그래도 바다는 바다지."

나는 마음을 다잡았다.

어쨌든 내가 여기에 온 건 소기의 목적이 있어서였다. [뇌신의 징벌] 시험 사격. 그 목적에는 차라리 물고기 한 마리 없는 게 더 낫기야 하다. 무의미한 살생을 범하지 않아도 되니까. 불교신자였던 건 아니지만, 신경이 아예 안 쓰이진 않는다.

"어쨌든 한번 쏴볼까?"

나는 스킬을 활성화시켰다. 그러자 오른손에 번개가 머물렀다. 정확히는 번개의 씨앗이라고 해야 할까. 이 번개의 씨앗를 가지고 뭘 어떻게 해야 하는지는 직감적으로 금방 깨달을 수 있었다.

던진다.

쫘르르릉!

내가 번개의 씨앗을 바다 쪽으로 던지자 어마어마한 소음과 동시에 뻗어 나간 번개는 정면을 향해 거침없이 나아갔다. 그러다 바닷물과 접촉하자 엄청난 수증기를 생성함과 동시에 파도를 뚫고 바닷물을 가르고 뿜어져 나가, 내가 가상으로 설정한 목표점을 타격하며 거대한 폭발을 일으켰다.

그로부터 1초 후, 마른하늘에 우르르르 하는 소리가 들리더니 난데없이 벼락이 하늘과 바다 사이에 굵직한 선을 하나 그었다. 벼락이 내리쳐진 지점은 내가 [뇌신의 징벌]의 목표점으로 지정했던 바로 그곳이었다.

쾅!

그렇게 내리쳐진 벼락으로 인해 다시 한번 폭발이 일어났고, 바다의 속살이 또 하늘 아래 그 모습을 드러냈다.

두 번 연이어 일어난 폭발로 인해 바다는 아우성치며 파도를 뿜어대었고, 주변은 두 번에 걸친 벼락의 여파로 남은 파란 뇌섬이 빠지직거리는 소릴 내며 울부짖어 댔다.

"……."

나는 눈을 휘둥그레 뜬 채, 이 시종일관을 멍하니 바라봤다. 무슨 일이 생긴 건지. 아니지, 내가 어떤 일을 벌인 건지에

대한 이해가 즉시 되지는 않은 탓이었다.

뭐야, 이건.

"이건…… 거의……"

천재지변이잖아!

이런 걸 그냥 '번개를 던져 피해를 준다'라는 설명문으로 퉁쳐도 되는 거냐! 그럴 리 없지. 하지만 결과만 놓고 보면 설명이 그리 틀린 것도 아닌 게 더 열받는다.

아니, 열받는다는 건 거짓말이다.

이런 사기 스킬을 받아놓고 열받는다고 하면 양심이 증발한 거나 다름없다. 이 스킬이 사기인 점은 그저 그 파괴력뿐만이 아니다.

나는 상태창을 열었다. 이렇게까지 강력한 스킬을 사용했음에도 불구하고, 마나와 체력은 전혀 소모되지 않았다.

"노 코스트……!"

전율이 내 전신을 훑고 지나갔다. 이런 걸 아무런 소모값 없이 던져댈 수 있다니!

"아냐, 그럴 리 없어. 내가 잘못 본 걸 거야."

나는 상태창을 좀 더 확대해 세부 내역까지 들여다보았다. 그랬더니 과연, 소모한 게 있기는 했다.

신성: 16/21

미약한 신성을 얻으면서 새로 생긴 항목인 신성 포인트를 5포인트 소모한 게 그것이었다. 그것도 영구적으로 소모한 게 아니라, 시간이 지나면 도로 회복된다고 한다.

시간이 얼마나 지나야 소모한 신성 포인트 1이 회복되는지는 지금부터 지켜봐야 알 수 있게 되겠지만, 어쨌든 이런 걸 앞으로 세 발이나 더 쏟아낼 수 있다는 건 내 전투력에 큰 보탬이 될 것이다.

"이 정도면 인퀴지터라도 한 방에 날릴 수 있겠어."

모르기는 몰라도 이 스킬이 고작 초절강타보다 위력이 낮을 리는 없다. 적에게 접근해 무기를 직접 적에게 처박아야 하는 초절강타와 달리 원거리에서도 타격이 가능하다. 그러고 보니 사거리도 길다. 최소한 100m, 어쩌면 250m?

그나마 쿨이 좀 긴 게 약점이라 할 만했다. 스킬의 위력이 강력한 만큼, 재사용 대기 시간이 6시간이나 되었으니 말이다.

"뭐, 신성이 성장하면 이 재사용 대기 시간도 줄이거나 초기화할 방법이 생기겠지."

그렇다. 이 [뇌신의 징벌]은 아직 성장의 여지가 남아 있다는 점을 잊어선 안 된다. 물론 숙련도는 EX랭크지만, 위력은 신성에 비례한다고 하니까. 내가 지금 쏴낸 번개가 가장 약한 버전이라는 소리다.

역시 신화급 스킬이라고 해야 할까.

처음에 설명만 읽고 섣불리 실망해서 죄송합니다.

나는 누구한테 절이라도 하고 싶은 기분이었지만 누구에게 절을 해야 할지 감도 잡히지 않았기 때문에 실제로 절을 하지는 않았다.

*　　　　*　　　　*

어느 차원의 어느 장소.

이진혁이 막 [뇌신의 징벌] 스킬의 위력에 놀라고 있을 즈음.

교단의 C지역 관리자이자 인퀴지터인 베르지에르는 창문 하나 없는 작은 방에 혼자 앉아 있었다. 테이블 위에는 트럼프 카드가 흩어져 있었으나, 그는 카드에는 눈길도 주지 않았다.

베르지에르의 다리는 쉴 새 없이 떨리고 있었다. 아무리 외면하려고 해도 불안감은 그의 가슴을 서서히 죄여오고 있었다.

E지역, D지역, B지역이 모두 망가졌다. 무슨 일이 일어난 것만은 사실이다. B지역의 관리자인 아샨타를 다독여 보내긴 했지만, 베르지에르 본인도 불안감을 피부로 느끼고 있었다.

"괜찮을 거야……. 괜찮을 거야……."

베르지에르는 중얼거렸다. 스스로 생각하기에도 어이가 없었다. 아무리 긍정적으로 생각하려 해도 자기가 담당하는 지역만 무사할 것이라고 바라는 건 양심 없는 짓이었다.

'아샨타랑 같이 나가는 게 좋을 뻔했지.'

그런 약한 마음이 순간적으로 들었지만, 베르지에르는 곧 고개를 저었다.

"누가 그런 유색인종이랑!"

그러나 그 혼잣말이 후회로 변화하는 데는 시간이 많이 걸리지 않았다.

―C─7지역의 방충망이 파괴되었습니다.

베르지에르의 안구 위에 시스템 메시지가 떠올랐다.

쾅!

베르지에르는 테이블을 주먹으로 내리쳤다.

"아니야! 그럴 리 없어!!"

작은 방에는 혼자. 들을 사람도 없다. 그러나 베르지에르는 신경질적으로 외쳤다. 마치 그러면 현실이 바뀔 것처럼.

그럴 만도 했다. 일어날 수 있는 일 중에 최악의 일이 일어난 것이니까. 다른 지역의 살균 병기가 망가진 것쯤은 별일이 아닐 정도였다.

C─7지역의 방충망은 C지역의 세균들에게서 해양 유기물의 공급을 끊고 외양으로의 유출을 방지하기 위해 만들어졌다. 방충망은 몸 크기만 1㎞에 달한다는 괴물 고래가 와서 들이받아도 끊어지지 않을 정도로 튼튼할 뿐만 아니라, 그 고래를

즉사시킬 수 있을 정도로 강력한 고압 전류가 흐르고 있다.

현실적으로 존재할 수 없는 물건이고, 인간은 도저히 만들어낼 수 없는 물건이다. 그야 그렇다. 이 방충망은 신이 직접 벼려낸 물건이니까.

C지역의 관리자는 베르지에르 그이지만, 방충망을 설치한 것은 그가 아니다. 그의 깜냥으로 이런 신물을 다룰 수 있을 리 만무하다. 베르지에르는 후임으로 와 여기 관리권을 이양받은 것일 뿐.

즉, 방충망은 베르지에르의 권한을 넘어선 물건이다.

"…신이 직접 오지 않는 한, 백 년이고 천 년이고 끊어질 일 없는 물건이라며……."

기어코 베르지에르의 목소리에는 울음마저 섞였다. 전임자로부터 C지역의 관리권을 이양받을 때, 그 전임자에게 직접 들은 이야기다.

그리고 사실을 말하자면 전임자의 말은 진실이다. 이진혁이 우연히 망가뜨린 그 방충망은 말 그대로 신의 힘, 신화급 스킬의 영향으로 부서진 것이니까.

그러나 그런 진실을 베르지에르가 알 턱이 없고, 설령 알았다 한들 조금도 위안을 얻지 못했을 것이다.

신물을 망가뜨린 책임은 베르지에르가 져야 할 테니까.

워낙 큰일이라 그 누구도 진실에는 관심이 없고 모두가 책임을 다른 이에게 미루려 들 것이 너무나도 뻔했다. 그리고 C지역의 관리자인 베르지에르가 그 책임을 뒤집어쓸 건 교단 관계자라면 누구라도 알 일이다. 모두가 그를 동정하겠지만, 누구도 그를 변호해 주진 않으리라.

어떻게 되든 베르지에르는 재판정에 설 것이고, 그 마지막은 아마도……

"…도망쳐야 해!"

그러므로 베르지에르는 결심했다.

마침 베르지에르의 근무지 이탈을 신고할 동료들도 모두 자리 비운 상태였다. 상부에서 베르지에르의 탈영을 눈치채는 것도 꽤 훗날이 될 테니, 지금 당장 도망친다면 안전하게 신원을 숨길 수 있을지도 모른다.

다행이라고 할 순 없겠지만, 방충망의 파괴로 인해 관리실 출입 허가가 났다.

"기회는 지금밖에 없겠군."

베르지에르는 결심을 굳혔다.

그러나.

지이잉.

바로 그 순간, 차원 문이 열렸다. 그리고 차원 문을 열고 한 남자가 모습을 나타냈다.

"베, 베르지에르!"

왜 이렇게 타이밍이 안 좋은지. 정말 상성이란 게 있는지. 이 남자랑 자신은 무슨 악연으로 묶인 건지. 베르지에르는 한

탄했다.

"…아샨타."

물론 속으로만.

이 더러운 혼혈에게 흐트러진 모습을 보일 수 없다는 일념이 베르지에르로 하여금 냉정한 모습을 되찾도록 도와주었다. 허장성세였지만 효과는 있었다.

왜냐하면 아샨타가 훨씬 흐트러져 있었으니까.

"이단이 일어났어!"

그리고 그가 가져온 소식은 베르지에르에게 남아 있던 단한 줌의 냉정마저 앗아가기에 충분한 내용이었다.

*　　　*　　　*

"그래, 결심했어."

나는 결심했다. 결심하는 데는 오래 걸렸지만, 사안이 사안인 만큼 오래 걸릴 수밖에 없었다. 그 사안이란 건 다른 게아니라 [힘의 말: 죽어라!]를 비롯한 저주 계열 스킬군의 승화여부였다.

"유니크 스킬을 승화시켰는데 신화 스킬을 얻은 것도 운이좋은 거였지."

설마 신화급보다도 더 높은 급의 스킬을 얻을 수 있을 거라는 생각은 별로 들지 않았다. 아무리 스킬 다섯 개를 합쳐 승화시켰다지만 두 단계나 더 높은 급수의 스킬이 나오는 건 굉장히 운이 좋은 케이스일 터였다. 보통이라면 레전드급이 나오는 게 맞으리라.

설령 신화급 스킬을 얻더라도 미약한 신성을 얻은 지금이라면 최소한 사용할 권한은 받을 수 있을 테니 이득이라면 이득이지, 손해는 아니다.

더욱이 [뇌신의 징벌]이 보여준 위력은 나로 하여금 더 이상 망설일 수 없게 만들었다.

결정은 내렸으니 취할 행동이 명확해졌다.

연맹 지휘관으로서 새로 얻은 권한으로, 나는 상점에서 레어 스킬 강화권 5매를 구입했다. 말할 것도 없이 이전까지는 구매가 불가능했던 상품이다. 개당 금화 천 개씩이나 했으나, 25% 할인을 끼면 못 살 것도 없는 가격이었다.

그렇게 얻은 강화권으로 레어 스킬인 [정지] 주문을 강화하고, 마지막 남은 주사위들을 이용해 행운 작업까지 한 후 나는 [스킬 승화]창을 띄웠다.

　

—동일 계열 스킬을 5개 이상 소유하고 있습니다.

—[힘의 말: 죽어라!], [현혹], [정지], [마비 마안], [슬로우]

—스킬 승화가 가능합니다. 실행하시겠습니까?

　

나는 YES를 선택했다.

─스킬 승화에는 스킬 포인트 299가 필요합니다.

─스킬 승화를 승인하시겠습니까?

"승······. 인!"

이미 결심을 했음에도 불구하고 승화를 승인하는 데는 심력이 필요했다. 뭐, 결국 눌렀지만 말이다.

─스킬 승화를 실행합니다.

이제 남은 것은 결과를 기다리는 것뿐. 사실 별로 오래 기다릴 필요도 없었다. 결과는 바로 나왔다.

[기아스 Geis]+6
　─등급: 신화(Myth)
　─숙련도: EX랭크
　─효과: 명령을 내려 따르게 합니다. 이 스킬은 신성이 높을수록 강화됩니다.

"또 신화급 스킬이 나왔네?"

[숨겨진 옵션]이 주르륵 달려 나왔고, 그게 하나도 공개되지 않았으며, 다른 설명도 없는 것까지 똑같았다. 하지만 별로 불

쾌하지 않았다. 오히려 절로 미소가 지어졌다.

[기아스].

이 유명한 스킬이 어느 '신화'에서 유래해 신화급 스킬이 되었는지는 나도 알고 있다. 중학생 때 이런 걸 파던 때가 있었으니까. 켈트 신화의 영웅들이 이 [기아스]에 걸려 족족 죽어나가던 장면은 비극적이었지만 내게 큰 인상을 주었다.

그런 [기아스]를 걸리는 입장이 아니라 거는 입장이 되어 스킬이라는 형태로 받게 되다니.

"역시 난 운이 좋군."

웃음이 절로 입술을 비집고 튀어나왔다.

"자, 그럼 슬슬 전투준비를 해봐야겠군."

나는 이제부터 버프를 걸고 이 지역의 필드 보스를 찾아가 볼 생각이다.

필드 보스에게 이 쿨도 길고 신성 소모량도 아마도 높을 스킬을 쓸 생각은 당연히 없다. 나는 필드 보스를 처치하고 나오는 인퀴지터를 상대로 이 [기아스]를 실험해 볼 생각이었다.

제아무리 강력한 인퀴지터라도 신화급 스킬은 먹히겠지? 만약 진짜 먹힌다면 대박이다. 인퀴지터라는 나보다 두 수는 높은 존재를 부려먹을 수 있게 되니까.

뭐, 고작 '미약한 신성' 가지고 그런 게 가능하리라는 기대는 품지 않는 게 좋을지도 모르지만. 사람이 어디 가능한 꿈만 꾸던가?

원래 꿈은 크게 꾸는 거다.

*　　　　*　　　　*

작은 방.

베르지에르, 아샨타. 두 인퀴지터는 테이블을 사이에 끼고 앉아 있었다.

테이블 위에는 트럼프 카드가 어지러이 흩어져 있었지만, 둘 다 손도 대지 않았다.

그렇다고 특별히 뭐 다른 걸 하는 건 아니었다.

베르지에르는 심하게 다리를 떨고 있었고, 아샨타는 연신 한숨을 내쉬고 있었다.

"…언제까지고 이러고 있을 수는 없어."

먼저 침묵을 깨고 입을 연 건 아샨타 쪽이었다. 이례적인 일이었으나, 어쩔 수 없는 일이기도 했다. 이 침묵이 이어진 지 벌써 몇 시간씩이나 지났으니까.

아샨타가 이단 발생의 이슈를 가져오고, 그 뒤로 베르지에르는 아무 말도 대답도 하지 않고 테이블에 앉아 다리를 떨기 시작했다.

그러길 몇 시간이 지났을까. 아샨타도 몰랐다. 그런 걸 세고 있을 정신머리는 없었다. 그도 복잡한 머릿속을 정리하기 위해 베르지에르의 맞은편에 앉아야 했으니까.

하지만 계속 이러고 있을 순 없다. 아샨타가 먼저 그렇게 마음을 먹었기에, 그가 먼저 입을 열게 된 것에 불과했다.

"어떻게든 해야 돼, 베르지에르."

"어떻게든?"

날카로운 대답이 베르지에르로부터 돌아왔다.

"어떻게도 안 돼."

아샨타는 '나도 그렇게 생각해'라고 말하지는 않았다.

사실 답은 하나였다.

관리자로서의 임무를 방기하고 도망치는 것.

그런데 둘 모두 상대가 먼저 이 말을 해주길 기다리고 있었다.

그야 그렇다. 그 말을 뱉는 것 자체가 죄고, 약점이 되니까. 이 작은 방의 네 관리자는 친구이기 이전에 라이벌이고, 서로가 서로를 감시하는 사이였다. 그리고 베르지에르는 아샨타를 친구로 생각하지 않았으며, 아샨타도 그 사실을 잘 알고 있었다.

쉽게 상처 부위를 드러낼 수 있을 리 없다.

물어뜯길 테니까.

이미 자신의 관리 영역에 트러블이 일어났기에, 아샨타는 자신이 더 불리하다고 생각했고, 그래서 그는 선불리 이 말을 꺼낼 수 없었다.

그러나 아샨타는 몰랐지만, 사실은 베르지에르의 상처가 더 컸다.

베르지에르는 그 성격으로만 보면 별로 그렇게 보이지 않을지 몰라도 이 작은 방의 리더였다. 성격에 결함이 있을 뿐, 가장 평가가 높고 능력도 뛰어났다. 그렇기에 방충망이 설치된 B지역의 관리자 자리를 물려받을 수 있었다.

그렇다 보니 이 관리소가 관할하는 지역에 이단이 발생한 것에는 베르지에르의 책임도 있었다. 그가 다른 세 관리자를 제대로 이끌었다면 이런 일이 일어나지 않았을 것이라는 점에서.

물론 그 이전에 신이 직접 만든 방충망을 제대로 관리하지 못했다는, 보다 직접적인 약점이 존재했지만, 아샨타가 그 사실을 알 수 있을 리 만무했다.

"아샨타."

그렇기에 아샨타는 의외라 생각할 수밖에 없었다.

"우리는 죄인이다."

베르지에르가 먼저 그 말을 꺼냈다는 것을.

"일반적인 플레이어가 통상적으로 성장해서야 이 인퀴지터라는 자리에 앉을 수 있을 리 없지. 하지만 우리는 라이벌들을 죽이고 성장한 덕에 교단에 마련된 마지막 의자에 앉을 수 있었어."

아샨타도 잘 아는 사실을 베르지에르가 새삼 다시 꺼내

는 이유가 무엇인지에 대해 아샨타는 대충 짐작했다. 그래서 그의 입을 막지도, 끼어들지도 않고 그저 조용히 듣기만 했다.

"하지만 그 와중에 쌓인 네거티브 카르마는 어쩔 수 없었고, 그 카르마를 갚기 위해 이 관리소에 배치되었다."

베르지에르의 말대로였다. 아샨타와 새티스루카, 프랑시안을 비롯한 네거티브 카르마를 잔뜩 쌓은 인퀴지터들은 네거티브 카르마를 다 녹일 때까지는 이 변경을 떠날 수 없다. 관리자라는 칭호는 허울 좋은 감투에 지나지 않는다는 것을 그들 스스로가 정말 잘 알고 있었다.

이 작은 방에 유폐된 거나 마찬가지인 상태로 카드 게임이나 하고 있었던 건 그들이 실제로 죄인이었기 때문이다.

"그런, 죄인인 우린 더 이상 잘못을 저지르면 안 돼. 애써 마련한…… 다른 이들을 희생시켜 가면서까지 마련한 의자마저 빼앗길지 모르니까!"

탕!

베르지에르는 새티스루카가 앉아 있던 의자를 손바닥으로 내리쳤다. 아샨타는 움찔 놀랐다. 소리에 놀란 탓이 아니다. 베르지에르의 날카로운 시선이 자신을 향했기 때문이다.

"…그럼 베르지에르. 어쩌라는 거야?"

뒤늦게 당당함을 되찾아봤자 아무 의미도 없다는 걸 알면서도, 아샨타는 되도록 강한 어투로 스스로를 가장했다. 그러나 베르지에르는 그런 아샨타의 반항 아닌 반항에는 신경도 쓰지 않고 여전히 갓 벼려낸 칼끝 같은 시선으로 쏘아보며 말했다.

"놈들을 죽여."

"뭐?!"

"이단 놈들을 쓸어버려."

아무리 그래도 베르지에르의 말은 도가 지나쳤다. 아샨타로서도 반문하지 않을 수 없었다.

"그, 그랬다간 네거티브 카르마가 더 쌓이잖아!"

안 그래도 아샨타는 높은 수치의 네거티브 카르마를 쌓아놓고 있었다. 그런데 여기서 네거티브 카르마를 더 쌓았다간 평생을 이 아무것도 없는 변경에서 썩어야 할지도 몰랐다.

그러나 베르지에르의 이어진 말은 아샨타의 입을 다물어지게 했다.

"그럼 파문이라도 당하고 싶은 거야?"

파문.

그 두 글자에 아샨타의 표정이 싸늘하게 식었다.

"우린 이미 교단 소속이야. 그런데 파문을 당해봐. 어떻게 되는지 알아? 모르지 않겠지만 다시 한번 설명해 주지. 시스템을 빼앗기고, 레벨을 빼앗기고, 스킬을 빼앗기고……."

"그만해."

아샨타의 눈동자에도 서늘한 예기가 깃들었다. 그러나 베르지에르는 조금도 위축되지 않았다. 오히려 여유로운 모습을 연기했다.

"역시 잘 아는군. 그렇다면⋯⋯."

"하지만 베르지에르. 나 혼자 모든 걸 뒤집어쓰는 건 사양이야."

아샨타의 선언에 베르지에르는 순간적으로 이를 드러냈다가, 다시 입을 다물었다.

"그래, 알았어. 이단 사냥에는 나도 참여하지."

그런 베르지에르의 반응에 아샨타는 속으로 크게 놀랐다.

'하긴 사안이 사안이지.'

아샨타는 그렇게 납득했지만, 사실 납득해서는 안 됐다.

거기서 납득해 버렸기에, 아샨타는 베르지에르의 은밀한 속내를 알아챌 수 없었으니까

＊　　　　＊　　　　＊

딱히 필드 보스를 찾아 모르는 지역을 헤맬 필요는 없었다. 나는 이 지역의 필드 보스가 어디 있는지 이미 알고 있으니까.

흡혈 나무들을 베어내다가 발견한 거대한 나무. 그 나무가 필드 보스란 건 이미 퀘스트를 받아 알고 있었다.

[퀘스트]

—의뢰인: 크리스티나

—종류: 토벌

—난이도: 매우 위험!

—임무 내용: 숲의 폭군 흡혈 나무 군주를 처치하라!

—보상: 금화 2,000개(+100%), 기여도 2,000(+100%), 직업 경험
치 2,000(+100%)

사실은 퀘스트를 받기 전에도 직감했다. 그 흡혈 나무 군
주를 보자마자 알아챘다. 이 침엽수림의 가장 깊은 곳에 자리
잡은 그 거대한 존재는 한번 보면 절대 잊을 수 없는 강렬한
인상을 주변에 흩뿌리고 있었으니까.

세계수.

내가 보자마자 떠올린 단어가 그것일 정도였다. 실상은 세
계수가 아니라 주변의 생명체들 전부의 피와 기운을 빨아들
여 자신의 몸체만을 거대하게 키운 이기적인 괴물이었지만, 어
쨌든 외견만 보자면 그랬다.

흡혈 나무 군주를 보자마자 처치하지 않은 이유는 간단했
다.

내가 원하는 적절한 시기에 인퀴지터를 불러내기 위해서.

그리고 지금이 바로 그 적절한 시기였다.

침엽수림의 흡혈 나무는 대부분 처치했고, 이 지역의 인류

종족은 발견하지 못했다. 그럼 손 털고 나갈 시기지. 그렇다고 메인 디시도 안 먹고 자리에서 일어날 수는 없는 노릇이다.

"이제는 슬슬 인퀴지터 쪽을 메인 디시라고 여겨도 되겠지?"

링링으로부터 능력치 부스터 앰플도 미리 구매해 놨고, 진리활화와 진리불사도 쿨이 다 돌았다. 신화급 스킬도 새로 두 개나 배웠다. 지난번에 나대지 않기로 마음을 다져먹긴 했지만, 그렇다고 굳이 인퀴지터를 피해 다닐 필요도 없는 상황이다.

"한 놈 상대로는 확실하게 이길 수 있어."

그런 자신감이 붙었으니까.

"그럼 그 전에 에피타이저를 맛볼까?"

나는 인벤토리를 열었다.

"짜잔! 그랜드 마스터 셰프의 5성 요리 시식권!!"

버프 타임이다!

입안에 침이 절로 고인다. 나라고 맛있는 걸 싫어할 리 없다. 그럼에도 상점의 고급 요리를 맛보지 않는 건 그저 금화를 아끼기 위해서였다.

그런데 지금은 먹어야 할 이유가 있고, 먹을 필요가 있다. 그러니 먹는다.

먹을 수 있다!

"맛봐주마, 인류연맹 최고위 요리사의 실력이라는 것을!"

나는 시식권을 사용했다. 그러자 바로 내 앞에 테이블이 펼쳐지더니, 음식들이 좌르르륵 나타나 테이블 위를 가득 채웠다.

　갓 요리한 음식들에선 아직도 김이 펄펄 피어오르고 있었으며, 정말 맛 좋은 냄새가 퍼지고 있었다.

Chapter 8

그런데 문제가 있었다.

"오, 오오! …오?"

그것은 바로 음식들의 재료였다.

놀라던 나는 떨떠름함을 느끼며 한 걸음 물러났다.

"벌레?"

그렇다. 그 음식 재료란 바로 벌레였다!

[그랜드 마스터 셰프 자사라가 직접 개발하고 요리한 저르그그

차원의 벌레 만찬]

―분류: 요리

—등급: 미식(Gourmet)

—설명: 대다수 인류에게 있어 혐오스러운 식재료로 꼽힌 벌레지만, 그랜드 마스터 셰프 자'사라는 이 식재료로 지금의 자리에 올라올 수 있었다. 단순히 미래의 식량난을 대비한 아방가르드한 발상에서 출발한 것이 아니라, 미식을 추구한 끝에 도달한 예술의 경지라는 평과 함께 자'사라는 벌레 만찬의 선구자이자 최고 권위자로 자리 잡을 수 있었다. 편견의 벽을 넘어선 그곳에 천상의 맛이 자리 잡고 있으니, 한번 도전해 보지 않겠는가!

내 혼잣말에 대꾸라도 하듯, 그런 설명이 팟 하고 떴다. 누굴 놀리는 것도 아니고!

"이게 뭐야, 크리스티나!"

나는 곧장 레벨 업 마스터를 꺼내 크리스티나에게 항의했다.

기대가 컸던 만큼 실망도 커서, 지금 느끼는 감정은 거의 배신감에 가까울 정도였다.

—오, 우와! 저거 설마 저르그그 차원의 벌레 만찬인가요? 세상에!!

그런데 크리스티나의 반응이 내가 생각했던 거랑 좀 달랐다.

—저르그그 지렁이 파스타! 한입만 먹을 수 있다면!! 저건 또 뭐예요? 설마 저르그그 불개미 필라프?! 저 저거 정말 좋아

하는데!! 톡 쏘는 맛이 일품이죠. 태어나서 지금까지 딱 한 번 밖에 못 먹어봤지만……!

할 수만 있다면 레벨 업 마스터의 화면을 뚫고 튀어나올 기세라, 내가 더 당황스러웠다.

"하지만 크리스티나. 저것들 벌레잖아."

─네! 하지만 저르그그 차원의 벌레잖아요!!

생각지도 못한 되물음이 돌아왔다.

"…저르그그가 뭔데?"

─차원 이름이죠!

대화가 아까부터 겉돌고 있었다. 나는 편두통을 느꼈다. 강건 99+의 플레이어로 하여금 두통을 느끼게 만들다니, 크리스티나는 정말 대단한 여자다.

─그보다 얼른 드세요! 식어도 맛있지만, 기왕이면 가장 맛있을 때 드셔야죠!!

음식이 아까워 죽겠다는 듯, 크리스티나는 제자리에서 동동 발을 굴렀다.

"어, 응……. 그래……."

크리스티나의 기세에 나는 항의할 기력을 잃고, 내키진 않지만 테이블 앞에 가서 앉았다. 그리고 그중에서 그럭저럭 먹을 만해 보이는, 딱정벌레의 원형을 그대로 남겨 굳힌 고기 푸딩에 손을 댔다.

으……. 도저히 못 먹겠는데. 그래도 그나마 푸딩을 숟가락으로 퍼 올리니 벌레의 모습이 연상되지 않아서 나름 괜찮았다. 게다가……. 이 냄새! 이 맛있는 냄새!

"이건 사기야!"

나는 눈 딱 감고 숟가락을 입안에 넣었다. 그러자.

"!"

이럴 수가! 뭐야, 대체! 이 감칠맛은!?

쇠고기나 돼지고기로는 절대 빚어낼 수 없는 압도적인 감칠맛이 입안을 가득 채운다!

아니, 그냥 감칠맛만 뛰어난 것은 아니다. 보통 감칠맛이 뛰어난 지구의 식품은 게나 새우를 비롯한 갑각류와 조개 관자, 굴 등을 꼽는데, 사실 감칠맛이 지나치다 보면 역겹게 느껴지기도 한다.

결국 감칠맛의 선을 어떻게 지키느냐가 관건인데, 이 딱정벌레 고기 푸딩은 그 선을 딱 맞췄다.

단순히 감칠맛만으로 승부를 봤다면 이렇게까지 인상적이진 않았을 것이다.

자신의 존재감을 숨긴 채 충분히 자기 할 일을 해주는 짭조름한 맛과 살짝 숨겨진 단맛, 그리고 단백질과 지방의 풍부한 담백함이 오케스트라를 연주해 주고 있기에 감칠맛이라는 보컬이 마음껏 날뛸 수 있는 것이리라.

더군다나 이름 모를 향신료가 내는 먹음직스러운 향이 입안을 지나쳐 코로 올라왔고, 그것은 침이 닿기 전의 향과는 또 달라 다채로운 자극을 선사해 주고 있었다.

식감은 또 어떤가! 그냥 뭉글뭉글하기만 한 보통의 고기 푸딩과 달리, 이 고기 푸딩은 대체 무슨 짓을 한 건지 탄력 있는 반탄력으로 이뿌리와 혀의 신경을 앙탈부리듯 희롱하고 있다.

이것이 인간에게 가능한 기술이란 말인가?

충분히 발달한 기술은 마법과 같다더니, 극에 이른 스킬은 신기와 같았다.

나는 마파람에 게 눈 감추듯 고기 푸딩을 해치워 버렸다.

입에 댄 첫 요리가 이렇다 보니, 더 이상 요리들의 외견과 재료는 큰 의미를 갖지 못하게 되었다. 나는 곧장 크리스티나가 언급한 지렁이 파스타에 손을 뻗었다.

그 뒤의 기억은 별로 없다. 그저 내 미뢰 세포와 혀끝의 감각, 후각세포만이 전력을 다해 임무에 임했다는 것만은 확실했다.

—5성 요리로 인해 앞으로 6시간 동안 솜씨가 20% 상승합니다.

—5성 요리로 인해 영구적으로 솜씨가 20 상승합니다.

—5성 요리로 인해 당신의 새로운 특성이 개화합니다.

*   *   *

나는 입술에 묻은 마지막 소스 한 방울까지 핥아먹곤 입맛을 다셨다.

"더 먹고 싶은데……."

테이블 한가득 올라와 있었던 요리를 혼자 다 해치웠음에
도 아직도 모자람을 느낀다. 그랜드 마스터 셰프의 5성 요리
는 그만큼 강력했다.

한 접시, 한 접시 맛없는 요리가 없었다. 모든 요리가 새로
웠고, 단 하나도 맛이 겹치는 요리가 없었다. 게다가 요리끼리
상승효과를 일으켜서 다른 요리를 먹을 때마다 굳이 입안을
씻어낼 필요도 없었다.

"진짜 맛있었다……."

나는 다시 한번 입맛을 다시며, 새로운 시식권을 사용할까
고민했다. 이 욕망을 끊어놓는 데는 시간이 좀 필요했던지라,
나는 생각하는 대신 아까까진 밥 먹는 데 신경을 집중하느라
일부러 무시했던 시스템 메시지를 열어보기로 했다.

"버프는 솜씨 20%? 그렇게 강력하진 않네."

사실은 20% 정도면 상당한 버프지만, 내가 쓰는 스킬 중에
솜씨에 기반하는 스킬이 별로 없어서 실질적인 전투력 상승
을 기대하기는 힘들었다. 솜씨 20 상승도 마찬가지.

"…엇!"

그런데 버프가 중요한 게 아니었다.

─5성 요리로 인해 당신의 새로운 특성이 개화합니다.

크리스티나가 '낮은 확률'이라고 했던 '새로운 특성의 활성화'가 이뤄졌다.

나는 바로 자세를 가다듬고, 각 잡고 특성창을 열어보았다.

고유 특성: [한계돌파]

—등급: 고유(Unique)

—등급: U랭크

—설명: 한계를 넘어서 성장할 수 있다.

이미 내겐 익숙한 한계돌파 특성 뒤에, 새로운 특성의 모습이 주르륵 이어져 나왔다.

범용 특성: [미식의 길]

—등급: 매우 희귀(Super Rare)

—등급: A랭크

—설명: 맛있는 걸 먹으면 성장한다.

맛있는 걸 먹으면 성장이라니? 나는 좀 더 자세한 내용을 필요로 했고, 다행히 신화 스킬과 달리 상세 정보가 제공되었다.

새로운 음식을 먹을 때마다 직업 경험치를 얻을 수 있고,

그 새로운 음식이 맛있을수록, 희귀할수록, 요리에 더욱 복잡한 공정을 필요로 할수록 더 많은 경험치를 얻을 수 있다는 것이 그 내용이었다.

공복 시에만 발동한다는 조건이 붙은 게 아쉽긴 하지만 이게 보통이리라. 00레벨을 찍어버린 탓에 전투 경험치를 거의 기대할 수 없는 내게는 더할 나위 없이 좋은 특성이었다.

"후……."

나는 만족스러운 한숨을 내쉬었다. 맛 좋은 요리에 새로운 특기까지. 배가 불렀다.

"다음에 5성 요리를 먹었을 때, 얼마나 많은 경험치를 줄지 기대되는군."

뭐, 그 전에 상점 요리들을 하나씩 해치워 버리는 게 좋은 선택이긴 할 것이다. 너무 강한 빛은 진한 그림자를 남기니까.

어쨌든 얻을 것도 얻었고, 이제는 일을 할 시간이다. 나는 흡혈 나무 군주 쪽을 노려보았다.

아니, 일이라기보다는 이쪽이 메인 디시였나. 인퀴지터를 메인 디시로 친다면 주방장에게 다음 요리를 가져오도록 신호할 종에 가깝겠다.

저르그그 차원의 벌레 만찬을 맛보고도 이 음식이 에피타이저에 불과하다는 소릴 할 마음은 조금도 들지 않았지만, 어쨌든 식전에 짜둔 계획상으로는 그랬다.

"식후의 운동이라고 치지."

나는 [3대 삼도수군통제사 대장선 천자총통]을 꺼냈다.

*   *   *

이제는 더 이상 필드 보스를 잡는 것에 긴장까지 할 필요는 없을 것 같았다.

"이러니까 다들 튜토리얼에서 얼른 빠져나오려고 애를 쓰지."

튜토리얼 세계에서는 기본 능력치와 흔한 스킬만을 얻을 수 있을 뿐, 마력이나 내공 같은 특수 능력치를 얻거나 올릴 수는 없으니까.

지금 와서 하기에는 꽤나 새삼스러운 이야기지만, 한껏 오른 마력은 새삼스러운 이야기를 다시 꺼내게 할 정도로 대단했다.

마치 팔 하나가 더 생겨난 것 같은 느낌.

아니, 그보다 더하다.

기본 능력치는 원래 가지고 있던 신체 능력의 연장이라 99+를 찍고도 별로 놀라운 느낌이 없었다. 수백 년에 걸쳐 천천히 조금씩 올린 거라 놀라워할 기회가 없었던 것이기도 했고.

하지만 마력은 다르다. 한 달이 지났다지만 내 입장에서 보자면 제자리 앉아서 눈을 감았다 떴더니 마력 수치가 한계돌파 되어 있었고, 그러면서 새로 얻게 된 [진리의 극]의 경지는 내게 새로운 세계를 열어주었다.

물론 이제까지도 느끼고는 있었다. 흡혈 나무들을 처치하면서 마력을 다뤄왔으니까.

그러나 처음 조우한 필드 보스, 지옥 멧돼지보다 정확히 두 배 강력한 흡혈 나무 군주를 상대하면서, 나는 마력이라는 힘이 지닌 진면목을 이제야 비로소 똑바로 본 듯 느꼈다.

마력이 춤춘다!

푸학!

<u>오오오오오!!</u>

흡혈 나무 군주는 자신의 가지 끝자락에 붙은 작은 불에 놀라 발버둥을 쳤다. 처음 봤을 때는 세계수라는 단어를 먼저 떠올렸을 정도로 대단한 위엄을 뿜냈던 존재인데, 체통도 못 지키고 저러다니.

하긴 가해자인 내가 할 생각은 아니지?

"좀 더 스킬을 써라, 군주."

나는 흡혈 나무 군주가 불을 끄도록 내버려 두고 그렇게 말했다. 스킬을 채집하기 위해서는 반격가의 스킬로 상대의 스킬을 반격할 필요가 있으니 하는 소리였다.

내 목소리를 들은 흡혈 나무 군주는 흠칫 굳었다.

설마 나무 주제에 사람 말을 알아들을 수 있을 정도의 지능이 있을 거라고는 생각하지 않았지만, 아무래도 내 생각이

틀린 모양이었다.

"반격해라. 반격하지 않으면 죽는다!"

그렇다고 하는 일이 달라지진 않는다.

대화가 가능하다고? 그게 뭐 어때서?

이 흡혈 나무 군주가 이동을 위해 뿌리를 들어 올렸을 때, 파헤쳐진 흙 속에선 크고 작은 동물들의 수없이 많은 뼈가 함께 모습을 드러냈다.

그것을 본 나는 이 침엽수림의 '살균'이 이미 성공적으로 이뤄졌음을 직감할 수밖에 없었다. 왜 이 지역에서 인류 종족이 발견되지 않았는가에 대한 의문이 해결되는 순간이기도 했다.

이 괴물은 이미 수없이 많은 생명체를 집어삼켰다. 그게 나쁘다는 건 아니다. 지구에서도 강자가 약자를 잡아먹는 일은 너무나도 자연스러운 일이었으니까.

그저 내가 할 말은 이것이다.

"그렇게 많이 잡아먹었다면, 너도 잡아먹힐 각오를 해야겠지?"

물론 나는 이 식인 식물을 잡아서 나물로 해 먹을 것은 아니다. 이 괴물을 잡아서 내가 먹을 것은 금화와 기여도, 그리고 경험치다!

퍽!

내 주먹이 흡혈 나무 군주의 줄기를 두들겼다. 줄기는 조금 쪼개졌지만, 큰 피해를 받지는 않은 걸로 보였다.

당연하지. 일부러 힘을 조절했으니까.

하지만 군주는 그렇게 생각하지 않는지, 희희낙락하며 나뭇가지를 내게 휘둘러 대었다.

"좋아!"

[크로스카운터]

꽈릉!!

—치명타!
—강적의 반격을 치명타로 반격(3/3)

크로스카운터 스킬의 수련치가 완전히 차오른 것을 확인하고, 나는 이를 드러내며 웃었다.

물론 지금 크로스카운터 스킬을 S랭크로 랭크 업 할 생각은 없다. 흡혈 나무 군주 토벌 퀘스트의 보상과 합쳐 레벨 업을 시킬 때나 그렇게 할 것이다.

그건 그렇고, 치명타는 말 그대로 치명타다. 잘못 맞으면 죽을 수도 있는 공격. 내 크로스카운터에 명중당한 흡혈 나무 군주는 거의 다 죽어가고 있었다. 세계수를 연상시켰던 두꺼운 줄기가 거의 반으로 쪼개진 것이나 다름없을 정도로 큰 상처를 입었다.

입을 연상시키는 커다란 옹이구멍에서 그억, 그억거리며 숨 넘어가는 소릴 내는 군주.

"아, 안 돼!"

이렇게 허망하게 군주를 보낼 순 없다.

"죽지 마라, 군주!!"

나는 진리대마공의 마력을 움직여 흡혈 나무 군주의 줄기에 크게 난 상처를 더듬었다.

매우 약한 불의 기운, 그러니까 온기를 띤 마력은 부드럽게 움직여 흡혈 나무 군주의 상처를 천천히 아물게 했다.

이런 짓도 진리의 극에 오름으로써 가능해졌다. 스킬은 아니다. 그저 내가 이런 것도 가능할 것 같다고 생각해서 해봤더니 된 것이니까. 원리 같은 것도 잘 모르지만, 아무튼 되니까 되는 거다.

"자, 다시 시작하자. 스킬을 써라, 군주!!"

흡혈 나무 군주는 두세 걸음 뒤로 물러났다. 내게 두려움을 느끼는 걸까?

그렇다고 뭐가 바뀌지는 않는다. 흡혈 나무 군주의 속도로는 결코 내 섬전 신속 앞에서 도망칠 수 없으니까.

"자아, 스킬을 써라!!"

놈에게 남은 선택지란 오직 한 가지. 날 공격하는 것뿐이다.

그것도 스킬을 써서, 내가 그 스킬을 얻을 수 있을 때까지.

내가 만족할 때까지!

*　　　*　　　*

작은 방에서 나온 두 인퀴지터, 아샨타와 베르지에르는 원래 계획대로라면 바로 E—20지역, 그러니까 이단이 발생한 곳으로 가야 했다.

그러나 두 남자가 도착한 곳은 E—20지역이 아니었을뿐더러, E지역조차 아니었다. 그곳은 C지역. 즉, 베르지에르의 영역이었다.

포탈을 연 것은 베르지에르다. 그러니 아샨타는 베르지에르에게 물었다.

"베르지에르. 여기는……."

E지역이 아닌데? 라고 끝까지 말할 정도로 눈치가 없지는 않았다.

아샨타는 생각하는 것보다 먼저 곧장 직감에 따랐다.

[자동 회피(Auto Dodge)]

—등급: 희귀(Rare)

—숙련도: A랭크

—효과: 적의 공격을 자동적으로 피한다.

[자동 회피]는 고작 레어 스킬에 불과하지만, 아샨타는 이 스킬을 배운 것을 후회한 적이 지금까지도 없다. 스킬 포인트를 낭비했다고도 생각하지 않는다.

방금도 회피 스킬 덕에 목숨을 건졌으니, 이 스킬의 유용성을 다시 한번 깨닫게 되었다.

무려 인퀴지터의 스킬을 무의식적으로 피해 버릴 정도였으니까.

인퀴지터 베르지에르의 공격을.

파슛!

빗나간 빔이 아샨타의 뒤쪽으로 날아가 언덕 하나를 소리 없이 소멸시켰다.

베르지에르가 쏜 빔이었다. 만약 피하지 못하고 직격당했다면 아무리 아샨타라 하더라도 즉사를 면하기 힘들었을 것이다.

본래 아군이자 동료일 터인 베르지에르에게 공격당했다는 것을 회피한 후에나 깨달았음에도, 아샨타는 속았다고 생각하지 않았다. 배신당했다고 화를 내지도 않았다.

아샨타의 뇌는 생각이나 감정 따위에 자원을 낭비하지 않고, 곧장 그를 전투 모드로 몰아넣었다. 그리고 그러한 뇌의 판단은 당연히 옳았다.

[긴급 탈출(Chicken Switch)]

―등급: 희귀(Rare)

―숙련도: A랭크

―효과: 적으로 지정한 대상으로부터 1㎞ 거리를 둔다.

피융!

아샨타의 몸이 곧장 뒤로 1㎞나 날았다. 아니, 날았다는 표현은 조금 적절치 않다. 그것은 차라리 순간 이동에 가까웠으니.

"치잇! 더러운 혼혈 놈이!!"

허를 찔린 베르지에르가 욕설을 퍼부으며 아샨타를 뒤따라왔다.

아샨타의 특기가 이것이다.

특정 직업의 플레이어가 지닌 스킬은 빤하다. 직업을 알고 있는 상대에게는 자신의 수를 읽히기 쉽지만, 아샨타는 그 경우에 포함되지 않는다.

등급이 좀 낮더라도 유용한 스킬을 찾아내 얻어두면 다양한 활용이 가능하다. 더군다나 낮은 등급의 스킬은 랭크 업에 필요한 포인트가 적다 보니 여러 스킬을 동시에 높은 랭크로 만들어 유지할 수도 있다.

그리고 이러한 아샨타의 스킬 셋은 상대의 예상을 불허하고 허를 찌르는 데 능했다.

단순 전력으로 보자면 분명 약하다. 등급이 낮은 스킬은 약할 수밖에 없다. 하지만 상대가 플레이어라면 다르다. 상대의 허를 찔러 기습하거나 빈틈을 보아 암습하는 방식으로, 일단 한번 적으로 규정한 상대는 다 죽였다.

아샨타가 교단의 인퀴지터에 이른 비결이 이것이었다.

하지만 이번 경우는 좀 달랐다. 아샨타의 입장에서 볼 때, 상대가 먼저 자신에게 달려든 경우는 그다지 없었고, 그 상대가 자신과 비슷한 실력인 경우는 더욱 희귀했으므로.

아샨타로서도 의표를 찔린 셈이다.

당연하지만 도망만 다닌다고 싸움에 이길 수 있는 것은 아니다. 도망을 치는 데도 체력이든 마력이든 스킬 쿨이든 뭐든 소모하게 마련이고, 그럴수록 반격과 공격에 쓸 자원도 줄어드는 셈이니까.

그렇다고 아샨타가 대책 없이 도망만 치는 것은 아니었다.

'B지역으로 가야 해.'

아샨타의 뇌는 다른 생각을 하기보다 먼저 판단했다.

'살균 병기가 약하긴 하지만, 비슷한 실력의 적을 상대할 때는 변수 하나라도 더 가지고 있는 게 도움이 될 테니.'

아샨타도 관리자다. 자기가 관리하는 지역에 배치된 살균 병기에 대한 관리 권한을 가지고 있었다. 물론 그 병기가 그의 소유물인 건 아니기에 직접적으로 명령을 내릴 순 없었지만, 관리자로서 병기의 특성과 장단점을 모두 파악하고 있었다. 충분히 변수로써 활용할 수 있다.

베르지에르가 왜, 어째서, 무슨 생각으로 저러는 거지?

아샨타는 그런 걸 생각하지 않았다. 베르지에르는 그에게 있어 이미 적이었고, 그러므로 살해해야 했다.

아샨타의 뇌는 그런 식으로 이루어져 있었다.

*   *   *

한편, 베르지에르는 상당히 당황한 상태였다.

'아샨타와는 적이 되지 않는 편이 좋아.'

프랑시안이 남긴 말이 갑자기 떠올랐다. 프랑시안은 베르지에르의 형 같은 존재였고, 베르지에르도 그를 따랐다. 사실 베르지에르에게 있어 프랑시안은 다소 어려운 상대였다.

'그놈은 전투에 돌입하면 사람이 완전히 달라지거든.'

그러나 아무리 프랑시안의 말이더라도, 그 소릴 진지하게 믿을 수는 없었다. 베르지에르에게 있어서 아샨타는 더러운 혼혈이자 잡종, 짓밟고 무시해야 마땅한 존재였으니.

물론 프랑시안이나 새티스루루카가 보는 앞에서는 절대 그러지 않았지만, 마치 주인에게 충성스러운 개가 자신보다 지위가 낮다고 생각하는 인간에게 그러듯 베르지에르는 아샨타를 하찮게 여기고 가혹하게 상대했다.

지금에 와서 그런 옛날 일을 떠올리는 이유가 무엇일까.

"치잇!"

베르지에르는 짜증스럽게 혀를 찼다. 쉽게 죽일 수 있을 줄 알았는데, 의외로 판단이 빠르고 행동이 단호하다.

'원자 분해 광선을 피하다니!'

[원자 분해 광선(Disintegrate Beam)]은 베르지에르가 시전 시간 없이 사용할 수 있는 가장 강력한 공격 중 하나였다. 빠른 발동 덕에 그야말로 기습에 가장 적절한 스킬로, 이 스킬 하나만으로 그는 수없이 많은 플레이어를 소멸시켜 왔다.

이 스킬을 피하고 반격을 해온 적은 한 손으로 꼽을 수 있었다. 그들 중에 강적이 아닌 적이 없었다. 그리고 이번에 아샨타가 손가락 하나를 접게 만들었다.

어쩌면 놈을 처치하는 건 좀 어려울지도 모르겠다는 생각이 들어, 가슴이 서늘해졌다.

시간을 끌수록 불리한 건 베르지에르 쪽이었다. 빨리 죽이고, 빨리 도망가서, 빨리 만마전에 투항해야 했다. 파문당한 인퀴지터를 반길 만마전이 아니었다.

파문당하면 교단 덕에 얻은 모든 직업 레벨과 스킬을 잃게 되니까.

인퀴지터식으로 말하자면 벌레가 된다.

'하급 악마의 간식거리가 되는 게 고작이겠지.'

그러니 교단에서 자신의 배신을 알아채고 파문하기 전에 빨리 행동해야 하는데, 아샨타가 저렇게 도망 다니고 있으니 속이 타들어 갈 지경이었다. 차라리 반격이라도 해오면 빈틈을 찾아 찌를 수도 있겠지만, 그런 것도 아니었으니.

그렇다고 이미 손을 쓴 이상 아샨타를 두고 그냥 갈 수도 없는 노릇이다. 놈에게 상부에 보고할 시간을 주면 그걸로 끝이니까. 만마전과 교섭한다는 것 자체가 불가능한 일이 되어 버린다.

'다음 일격으로 놈을 반드시 죽이겠다!'

[터보제트(Turbojet)]
—등급: 고유(Unique)
—숙련도: A랭크
—효과: 마력을 고속 분사해 추진력을 얻는다.

베르지에르의 트레이드마크나 다름없는 고유 스킬의 힘이 그의 전신을 훑고 지나갔다. 마력이 스킬에 의해 변환되어, 추진력으로 바뀌었다.

피융!

곧바로 그의 몸이 고속으로 하늘을 가르고 날아가기 시작했다.

*   *   *

그어어어어.

마치 입처럼 보이는 커다란 옹이구멍으로 단말마를 토해내며, 흡혈 나무 군주가 쓰러졌다.

흡혈 나무 군주를 처치함으로써, 나는 전리품으로 [최고급 흡혈 나무 수액]과 [훌륭한 흡혈 나무 열매] 몇 개를 손에 넣었다. 둘 다 최고급 요리 재료로, 그냥 먹을 수도 있지만 조리를 거쳐 더 훌륭한 효과를 발휘할 수 있다고 한다.

나는 링링을 통해 적당한 요리사를 수배해 조리를 부탁했다. 링링의 말에 의하면 두 전리품 모두 꽤 비싸게 팔리는 모양이지만, 내겐 금화보다 경험치가 더 중요했다. 새로운 특성인 [미식의 길]을 얻어 요리를 경험치로 전환할 수단이 생겼으니 파는 것보단 먹는 게 낫다.

흡혈 나무 군주로부터 얻은 것은 이게 전부는 아니다.

[뿌리 초강타]
─등급: 매우 희귀(Super Rare)
─숙련도: 연습 랭크
─효과: 뿌리로 매우 세게 때린다.
[주의!] 선행 스킬 [뿌리 움직이기] 필요

흡혈 나무 군주로부터 스킬을 하나 뜯어내긴 했다. 그것도 무려 슈퍼 레어 스킬을.

그러나 등급만 높을 뿐, 내게 쓸모 있는 스킬은 아니다. 내겐 뿌리가 없고, 뿌리 움직이기 스킬도 없으니까. 말 그대로 빛 좋은 개살구였다.

원래대로라면 그랬어야 했다.

ー동일 계열 스킬을 3개 이상 소유하고 있습니다.
ー[초절강타], [뿌리 초강타], [뿌리 강타]
ー스킬 융합이 가능합니다. 융합하시겠습니까?
[주의!] 융합에 사용한 스킬은 다시 얻을 수 없습니다.

내가 갖고 있는 [초절강타]와 흡혈 나무로부터 미리 얻어둔 레어 스킬, [뿌리 강타]가 없었다면 말이다.

"융합 재료로는 매우 쓸모 있지."

그렇다고 지금 당장 이 스킬들을 융합시킬 생각은 없었다. 레어 스킬 교환권을 이용해 강타 계열 스킬을 하나 더 구해 초융합을 시켜도 되고, 더 나중을 바라봐도 되니까 말이다.

게다가 지금은 이런 걸 고민하고 있을 때가 아니었다.

이 지역의 필드 보스인 흡혈 나무 군주를 죽였으니, 곧 인퀴지터가 찾아올 것이다.

"손님맞이 준비를 해야지."

나는 인벤토리에서 미리 능력치 부스터 앰플을 꺼내 들고 언제든 진리활화를 활성화시킬 수 있도록 준비를 마친 채 인퀴지터를 기다렸다.

"…그런데 왜 이렇게 안 와? 올 때가 다 됐는데."

중국집 배달을 기다리는 굶주린 주문자의 심정으로, 나는 밤하늘을 올려다보았다.

그러다 문득, 나는 밤하늘을 가로지르는 두 개의 유성을 발견했다.

"오."

나는 이빨을 드러내어 보이며 웃었다.

"왜 늦나 했더니, 곱빼기 서비스라 그랬군."

두 개의 유성은 사실 별빛의 궤적이 아니었다. 둘 모두 물리법칙을 무시하며 불규칙적으로 궤적을 그리고 있었다. 저런 유성이 있겠는가? 아니, 없다. 저렇게 노골적으로 물리법칙을 무시하는 건 내가 아는 한 하나밖에 없었다.

스킬, 그리고 스킬을 사용하는 플레이어.

둘 다 그냥 선량한 플레이어일 가능성은 거의 없었다. 교단의 영역에서 빛의 날개를 펴고 마음껏 하늘을 날아다니는 모습을 보아하니 적어도 교단 소속일 건 확실했다.

그리고 매우 높은 확률로 둘 다 인퀴지터다.

사실은 인퀴지터 둘을 동시에 상대하는 건 피해야 한다. 아무리 내가 강해졌다고는 해도, 인퀴지터를 완전히 압도할 수 있는 확실한 수단까지 손에 넣은 건 아니니까.

그러나 내가 곱빼기라 한 이유는 따로 있다.

무슨 일인지는 몰라도, 두 인퀴지터는 서로 싸우고 있었다.

"2 : 1이라면 힘들었겠지만 1 : 1 : 1은 좀 낫지."

나는 두 인퀴지터의 대립을 침엽수림에서 숨죽여 지켜보았다. 당장 끼어들지 않은 이유는 간단했다. 서로 대립하느라 힘이 빠지길 기다리는 것도 있지만, 먼저 누굴 치느냐를 판단해야 하기 때문이기도 했다.

아무래도 방어력이 약한 쪽을 기습해 단번에 무력화시키면서 끼어드는 상황이 내게 가장 유리할 터였다. 가능하다면 막타를 내가 치는 게 더 좋을 거고.

굳이 오래 지켜보고 있을 필요는 없었다. 답은 금방 나왔으니까.

'한 놈은 내 난입을 기다리고 있군.'

다른 한 놈은 조급하게 공격을 퍼붓고 있고.

이 지역의 관리자인 인퀴지터는 누군가가 필드 보스, 저들의 표현으로는 살균 병기를 파괴했음을 알아챘을 것이다.

이제까지의 사례를 들어보자. 필드 보스가 파괴되었을 때마다 인퀴지터가 찾아왔다. 어떤 방법으로든 필드 보스의 파괴에 알람 같은 것이 울렸을 가능성이 매우 높으리란 건 그리 어렵지 않게 추측할 수 있었다.

그 알람을 받은 인퀴지터는 필드 보스가 위치한 이 지역에 교단의 적, 즉 내가 도사리고 있다는 것 또한 알고 있으리란 명제도 똑같이 도출해 낼 수 있다.

인퀴지터 쪽도 바보는 아니다. 교단의 적이 인퀴지터인 자신을 기습할 가능성이 높다는 결론을 저쪽도 냈으리라.

그렇게 결론을 냈으니 저렇게 내 난입을 대비하고 있는 것일 터.

즉, 지금 방어를 굳히고 있는 쪽이 확실하게 이 지역의 관리자이자 인퀴지터다.

그렇다고 지금 공세를 퍼붓고 있는 쪽이 인퀴지터가 아니라는 억측을 내놓는 건 위험하다. 저 외견은 누가 봐도 인퀴지터니까.

물론 겉모습만 보고 섣불리 결론을 내리는 것도 위험하긴 매한가지지만.

"적의 적이 항상 아군인 건 아니지."

전술적으로는 공세를 퍼붓고 있는 쪽을 기습해 확실히 무력화시키는 게 옳은데, 그렇게 하면 이 지역의 관리자인 게 확실한 인퀴지터 편을 드는 셈이 되니 판단이 어렵다.

"아, 내가 왜 내 머리로 생각을 하고 있지?"

끙끙거리던 나는 곧 답을 찾았다.

"좋은 직감 놔두고?"

나는 더 이상 망설이지 않고, 손에 들고 있던 능력치 부스터 앰플을 허벅지에 콱 꽂았다.

"역시 이럴 땐 직감에 맡기는 게 제격이지!"

부스터로 인해 두 배가 된 직감이라면 날 분명 정답으로 인도해 줄 거다.

"생각하지 마라……. 느껴라!!"

나는 내 직감을 믿는다!

*　　　　*　　　　*

아샨타는 거의 절망한 상태였다. 그의 안구에는 시스템의
메시지가 떠 있었다.

그가 믿고 있었던 몇 개 없는 변수였던 살균 병기가 파괴되
었음을 알리는 메시지였다.

'이제 다 왔는데.'

이 메시지는 단순히 그가 기댈 언덕이 하나 없어졌다는 것
만을 가리키진 않는다. 살균 병기를 파괴한 것은 거의 확실하
게 교단의 적, 그것도 이단을 발생시킨 대단히 강력한 적일 터
였다.

아군을 늘리고자 여기까지 왔는데, 알고 보니 강력한 적이
있는 곳으로 오게 된 아샨타의 심정은 그야말로 천 길 낭떠러
지로 떨어진 것 같은 기분과 별다를 게 없었다.

게다가 당장 눈앞의 베르지에르도 만만한 상대가 아니었
다. 아샨타도 스킬을 잘 배분해 치명타만을 피하고 있었지만,
베르지에르는 꾸준하게 피해를 누적시켜 가고 있었다.

"이래도! 이래도! 이래도 안 죽어?! 이래도!!"

설령 교단의 적이 끼어들지 않는다고 해도, 이대로 그냥 시

간이 가면 회피와 도망에 지나치게 자원을 소모한 아샨타는 결국 베르지에르의 손에 죽게 될 것이다.

'그래도 내가 죽은 후, 교단의 적이 베르지에르를 그냥 보내진 않겠지.'

그나마 혼자 죽는 결말에는 이르지 않으리란 생각만이 아샨타가 품을 수 있는 유일한 위안이었다.

"…웃어!?"

베르지에르의 반응을 보고 나서야, 아샨타는 자기도 모르게 미소를 지어버렸다는 사실을 알았다. 하지만 그렇다고 뭐가 바뀐단 말인가? 바뀔 건 아무것도 없었다.

아샨타가 슬슬 반격이라도 저 얼굴에 꽂아줄까 생각하던 찰나였다.

번쩍!

시야가 온통 빛으로 가득 찼다.

빠지지직! 꽈릉!

굉음은 그 뒤를 이어 찾아왔다.

"…아, 아……. 이것은……!"

베르지에르의 경악 섞인 신음이 들렸다. 그제야 아샨타는 자신이 눈을 감았었다는 걸 알게 되었다. 그는 스스로를 믿을 수 없었다. 전투 중에 눈을 감다니!

평범한 섬광 따위로 아샨타가 눈을 감을 리 없었다. 섬광면역은 대인전 경험이 어느 정도만 되어도 갖춰놓기 마련이고,

아샨타도 당연히 대비를 해놓았다.

그럼에도 눈을 감았다는 건 이 섬광이 최소한 레전드급 스킬은 된다는 것이다. 그래야 아샨타의 면역을 뚫을 수 있으니까.

"신화급의……. 그런가! 네가 범인……!!"

그런데 베르지에르는 한술 더 떴다. 신화급? 아샨타는 베르지에르의 멱살을 잡고 그게 무슨 뜻이냐고 묻고 싶은 충동에 휩싸였지만, 그 충동을 행동으로 옮기기 전에 그럴 수 없게 되고 말았다.

꽈르릉!

하늘에서 벼락이 떨어져 베르지에르에게 직격했기 때문이다.

"끄아악!!"

베르지에르가 토해낸 마지막 말은 단말마에 불과했다. 말 그대로 비명횡사였다. 고작 눈 두 번 깜박일 새에 베르지에르가 한 덩이 까만 숯이 되어버리다니!

인퀴지터까지 기어 올라온 플레이어가 즉사에 대한 대비를 하나도 안 했을 리 없었다. 기습 한 번에 허망하게 목숨을 잃을 거면 애초에 인퀴지터가 되지도 못했을 테니까.

[즉사 방지]를 가진 프랑시안의 예를 굳이 들 것도 없다. 스킬 포인트가 많이 들긴 하지만 [레저렉션]을 배워두거나, 좀 구하기 어렵지만 [1UP 코인]이라도 인벤토리에 넣어둔다.

베르지에르가 과연 그 대비를 안 해놨을까? 아니, 했을 것이다. 어떤 식으로 대비했는지 아샨타가 알 길은 없지만, 그런 보험도 안 들어두고 같은 인퀴지터인 자신에게 싸움을 거는 대담한 짓을 할 리는 없다.

그러나 갑자기 내리쳐진 날벼락은 베르지에르를 단 일격에 절명시켰다.

'신화급 스킬이 맞아.'

그게 아니라면 설명이 되지 않는다. 스킬은 물리법칙을 초월하지만, 스킬은 스킬 나름의 법칙이 있다. 그 법칙마저도 쪼개 버리고 뭉개 버리려면 보통 방법으로는 안 된다.

그리고 그중에서 가장 먼저 떠올릴 수 있는 방법이 바로 스킬의 등급으로 압도하는 것이다. 물론 겨우 한두 단계 등급이 높은 정도로는 이런 일이 가능하지는 않다.

하지만 신화급 스킬이라면 가능하다. 베르지에르가 들어두었을 즉사에 대한 보험을 아랑곳 않고 단번에 절명시킬 수 있다.

'아무리 그래도 그렇지, 신화급 스킬이라니! 신화급 스킬을 쓰는 존재가 어째서 이런 변경에?!'

아샨타는 정신을 차릴 수가 없었다. 전투에 들어가면 항상 냉정을 되찾던 그의 뇌마저도 지금은 스킬 하나를 쓰는 게 고작이었다.

[긴급 탈출]

무슨 일이 일어난 건지는 알았다. 교단의 적이 베르지에르를 공격했다. 그 가능성을 아샨타는 계속 염두에는 두고 있었다.

그러나 교단의 적이 인퀴지터를 스킬 하나로 처리할 거란 상상은 애초에 떠올리지도 않고 있었다.

'죽는다.'

베르지에르를 상대하면서는 느끼지 못했던 진한 죽음의 냄새가 끈적거리며 자신의 몸을 훑고 지나가는 것을 아샨타는 전율하며 느꼈다.

'도망가야……!'

아샨타는 그렇게 생각하기 전에 이미 행동으로 옮기고 있었다. 그의 뇌는 그런 식으로 이루어져 있으니까.

"허억!?"

그러나 다음 순간, 아샨타는 다시 냉정을 잃을 수밖에 없었다.

분명 [긴급 탈출]로, 순간 이동에 가까운 속도로 1㎞라는 거리를 벌렸을 터인데. 적은 눈앞에 있었다.

'따라잡혔다?! 어떻게!'

플레이어 간의 전투에서 '어떻게'는 별로 중요하지 않다. 스킬은 물리법칙을 초월하니. 보통이라면 일어날 수 없는 가능성마저 가늠하며 싸우는 것이 기본이다. 그러나 아샨타는 실로 오랜만에 '어떻게'라는 의문을 떠올렸다.

'신화급 스킬을 사용하는 적이다. 이 정돈 당연하잖아!'

아샨타는 다시금 이를 꽉 물고 대응에 나서려 했다. 그런데 그때, 적의 모습이 다시 한번 사라졌다.

"!"

아샨타의 직감이 요란하게 경종을 울렸다.

적은 등 뒤에 있다.

어떻게 해서 등 뒤에 돌아갔는지는 아샨타는 생각하지 않았다. 정확히는 생각할 여유가 없었다. 아샨타가 적의 모습을 완전히 시야에서 놓쳐 당황한 틈을 타 적의 공격이 날아들었으니까.

[자동 회피]

그러나 다행히 [자동 회피]의 재사용 대기 시간이 돌아와 자동적으로 회피를 수행했다.

무시무시한 일격이 허공을 갈랐다. 차원이 찢겨진 것 같은…… 착각이 들었다.

'그러나 [자동 회피]가 반응해 줄 일격이라면 높아봐야 유니크급 스킬이겠지.'

아샨타는 그 스킬이 고작 슈퍼 레어급 스킬인 [초절강타]라고는 꿈에도 생각하지 못했다. 그럼에도 경악했다. 유니크급 스킬로 이 정도 위력을 낼 수 있다면, 상대의 능력치가 정상이 아니라는 뜻이니까.

'적도 신화급 스킬을 많이 가진 건 아닐 거야. 아니라면 내게 겨우 유니크급 스킬로 공격할 리가 없으니까. 그리고 방금 전에 신화급 스킬로 베르지에르를 죽였지.'

아샨타의 뇌는 냉정을 되찾고 열심히 자기 일을 했다. 그리고 희망찬 결론을 내어놓았다.

'틈을 보아 도망친다!'

희망이 생기자 의욕도 끓어오른다. 적극적으로 빈틈을 만들 생각도 들었다. 그렇기에 아샨타는 과감한 판단을 했다.

[자폭]

목숨을 하나 버린다!

쾅!

자폭은 고작 슈퍼 레어급 스킬이지만, 거의 전설급 스킬의 위력을 낸다. 그야 그렇다. 대가로 목숨 하나를 내어놓는 스킬인데, 그 효과가 약해서야 의미가 없다.

그렇다고 아샨타가 진짜로 목숨을 내어놓은 것은 아니다.

"끄으으으읍!"

전신이 재생되는 고통에 아샨타는 이를 꽉 물었다.

죽음을 맞이한 순간 세포 하나라도 살아 있으면 그 세포를 기점으로 전신을 재생하는 레전드급 스킬, [죽음으로부터 재생(Regenerate from Death)]의 효과다. 비록 지독한 고통이 따르고 재생에 1초라는 시간이 걸리긴 하지만 3번까지는 확실하게 부활할 수 있는 좋은 스킬이다.

'겨우 이 정도로 죽일 수 있을 거라고는 생각 안 해. 하지만 적어도 눈은 가릴 수 있겠지!'

아샨타는 다음 [긴급 탈출]을 준비했다. 이 스킬 콤보에는 자신이 있었다. 지금까지 아샨타의 목숨을 몇 번이고 구해준 스킬 콤보였으니까.

그러나 그것은 아샨타의 착각일 뿐이었다.

콰직.

"끄아아아악!"

긴급 탈출은 분명 동작했다. 그런데 어째서!

'상대가 나보다 빨라.'

아샨타의 뇌는 알고 싶지 않았던 답을 멋대로 내어놓았다. 긴급 탈출보다도 빠른 이동용 스킬을 상대가 갖고 있으며, 심지어 그 스킬에 공격 능력까지 있으리란 것이 그 답이었다.

아샨타는 복부에 난 커다란 구멍을 절망적으로 내려다보았다. [자폭]으로도 적의 빈틈을 만들어내지 못했다. [자동 회피]는 쿨이었고, [긴급 탈출]도 막혔다. [죽음으로부터 재생]이 2회 남긴 했지만, 그것이 생존을 담보해 주진 못할 것 같았다.

'아무래도 도망치진 못할 것 같군.'

생존 가능성이 밑바닥까지 떨어지자, 아샨타는 모든 의욕을 잃었다. 그는 양손을 들어 올리며 말했다.

"항복한다."

* * *

"항복한다."

인퀴지터의 말에, 나는 순간적으로 공격을 멈췄다.

항복? 교단의 인퀴지터, 그러니까 이단심문관이?

내가 교단에 대해 잘 모르기는 하지만, 이단심문관쯤 되려면 광신에 가까운 신앙심을 갖고 있어야 하지 않나?

그런데 명백한 이단인 내게 항복이라니. 아무래도 함정일 가능성이 더 높아 보인다.

능력치 부스터 앰플의 힘과 진리활화로 기본 능력치를 확 끌어 올릴 수 있는 짧은 시간. 그나마도 지금은 혹시나 인퀴지터 둘을 동시에 상대할 가능성을 염두에 두느라 앰플을 맞고 진리활화까지 겹쳐 쓰는 극약 처방을 써서 지속 시간이 더 짧다.

이미 3분이 지나 능력치 부스터 앰플의 효과가 끊겨 힘이 떨어지는 게 느껴진다. 다행히 앰플의 부작용은 [진리활화]의 효과로 인해 희석된 것 같지만, 그렇더라도 3배였던 능력치가

2배로 떨어진 건 결코 경시할 수 없는 전력 저하다.

게다가 진리활화의 남은 시간도 7분이 안 된다.

진리대주천으로 마력을 99+까지 끌어 올린 덕에 진리활화의 지속 시간이 10분으로 크게 늘어나 7분이라도 남은 거지만, 그래도 긴 대화를 하기에는 턱없이 부족한 시간이다.

"좋아. 이름을 말해."

내가 이름을 묻자 인퀴지터는 움찔했지만, 곧 체념한 듯 입을 열었다.

"아샨타다."

이 항복이 함정일 가능성을 염두에 두고도 내가 대화를 시도할 수 있었던 건 어디까지나 내게 최후의 수단이 아직 남아 있었기 때문이다.

신화급 스킬 [기아스].

인퀴지터급 정도 되면 부활이나 즉사 방지, 초재생 등으로 혹시 모를 불상사에 대비한다는 건 기정사실로 받아들여도 될 정도로 논거가 쌓였다.

새티스루카, 프랑시안, 그리고 이 아샨타가 직접 나한테 한 번씩 죽어줌으로써 증명해 주었다.

그럼에도 불구하고, 내가 방금 전에 신화급 스킬 [뇌신의 징벌]로 죽인 인퀴지터는 이런 수단도 발동시키지 못한 채 즉사했다.

이게 뜻하는 바는 곧, 신화급 스킬이 어중간한 즉사 방지

수단을 씹어 먹는다는 이야기다.

이 정도면 조커 카드로써 활용하기에 충분하지.

그러니 적어도 진리활화의 지속 시간 동안은 심문이 가능하다. 그렇게 결론을 내렸기에 나는 이 기회에 정보를 얻어보기로 마음먹게 되었다.

"그래, 아샨타. 혹시 새티스루카나 프랑시안은 네 동료였나?"

내 말에 아샨타의 동공이 크게 벌어졌다. 숨기고 싶은 정보였나? 아니, 어쩌면 이 시점에서 새티스루카와 프랑시안을 죽인 범인이 누군지를 깨달은 것인지도 모른다. 곧 체념한 듯 고개를 숙인 그는 입을 열어 내가 원하던 정보를 넘겨주었다.

"그렇다. 방금 전에 죽은 베르지에르도 포함하여 우리 넷이 이 지역의 관리자였다."

방금 죽은 건 베르지에르란 놈인가. 뭐, 딱히 내가 기억할 이유는 없는 이름이겠지. 이미 완전히 죽어 카르마 연산까지 끝난 상대다.

나는 심문을 계속하기로 했다.

*　　　　*　　　　*

"너희들의……. 인퀴지터의 목적은 뭐지?"

내 질문에 아샨타는 잠시 망설이다가 입을 열어 대답했다.

"이단 발생을…… 사전에 방지하기 위해. 세균 번식을 억제하고 장기적으로는 관리 지역을 멸균상태로 만드는 것이 우리의 목표였다."

세균 번식을 억제……. 관리 지역을 멸균상태로.

"하핫."

웃음이 새어 나왔다. 유쾌한 웃음은 아니었다.

이 잘 가꿔진 침엽수림에 인류 종족의 모습은 보이지 않았다. 살균 병기라 불린 필드 보스는 양분을 빨아들여 무럭무럭 자라 세계수를 연상케 할 정도로 커져 있었고, 그 양분이 된 시체는 아마도 상당수가 인류 종족의 그것이었다.

내 시선을 본 아샨타는 놀라며 급히 내 눈을 피했다.

"이 지역은 멸균상태로 만드는 데 성공했군. 네가."

방금 내가 한 말은 질문이 아니라 판단한 건지, 아샨타는 대답하지 않았다. 아니, 혹시 대답함으로써 내 분노를 살 거라 생각한 건지도 모른다.

그렇다면 질문을 해야지. 질문을 해서 이놈의 입을 열어야겠다.

"이 지역의 인류를 '멸균'시켜서 네가 얻는 이득이 무엇이지?"

"나는……. 상부의 명령을 받았을 뿐이다."

아샨타의 목소리가 떨리고 있었다. 그는 무엇을 두려워하는 걸까?

"…왜 직접 인류를 죽이지 않았지?"

내 목소리가 거칠어져 있었다. 왜지?

"뭐, 뭐라고?"

"왜 네 손으로 직접 인류를 절멸시키는 대신 물을 끊고 식량을 끊고 괴물을 집어넣는 식으로……. 그들을 죽음으로 몰아넣었느냔 말이다!"

"그, 그들은 누구에게 죽는지 몰라야……. 아니, 교단의 뜻이다!"

이 새끼가……!

"교단의 뜻이란 무언가!"

"히이익! 나, 나도 모른다!!"

이런 무책임한 소리라니!

"모르면서 죽인 거라면 결국 네가 죽인 거잖아!!"

"아니야! 그들은 굶어 죽은 거야! 병들어 죽은 거야! 괴물에게 잡아먹혔을 뿐이다!!"

아샨타의 두 눈에서 눈물이 흘러나오고 있었다.

"내 탓이 아니야……. 내가 죽인 게 아니라고오……."

아샨타가 우는 이유는 뒤늦게 찾아온 죄책감 때문일까? 내겐 그렇게 생각되지 않았다. 이 녀석은 그저 두려워하고 있을 뿐이다.

"그러니까 제발……. 살려줘……."

책임지는 것을.

내 분노를.

죽음을.

"살려달라고? 너는 저들에게 살려달란 말을 듣지 못했나?"

들었을 리가 없다. 아샨타는 그저 '관리'했을 뿐이니. 이 지역에 살던 생명들은 자신들이 왜 몰살당해야 했는지도 모른 채 죽었다. 누구한테 살려달라고 빌어야 하는 건지도 몰랐을 것이다.

나는 아샨타를 차갑게 내려다보았다.

치밀어 오르는 분노를, 나는 억제하지 못했다.

"나는 네 항복을 받아들이지 않겠다."

그렇기에 나는 선고했다.

"뒈져라."

나도 내가 왜 이렇게 들끓는 분노를 품게 되었는지 모른다.

나는 특별히 정의감이 강한 인간은 아니다.

다른 사람이 어찌 되건 무슨 상관이냐. 나만 잘되면 그만이지.

나처럼 생각하는 사람은 많을 거다. 그렇다고 생각한다.

나도 그러니까.

그런 의미에서, 나는 평범하게 이기적이다.

아니, 어쩌면 나쁜 축에 속하는 사람일지도 모른다.

그럼에도 나는 이렇게 분노하고 있었다.

왜?

지금까지 내가 봐온 교단의 희생양들은 드워프, 오크, 엘프, 코볼트였다. 튜토리얼 세계에 오기 전까지는 마주친 적도 없는 이종족이었고, 튜토리얼 세계에서는 기껏해야 NPC이자 때때로 적이었다.

아샨타가 절멸시킨 이 관리 지역의 인류가 혹시 인간, 나와 같은 지구인이 아닐까 하는 생각 때문에 이렇게 분노하는 것도 아닌 것 같았다. 흡혈 나무 군주 뿌리 근처에서 나온 뼈만 봐도 알 수 있었다. 개체마다 조금씩 다르긴 했지만, 지구인의 그것과는 확실히 달랐다.

그러니 동족이, 동향 사람들이 죽었다고 분노하는 건 아니다. 애초에 나는 그럴 인간도 아니고. 지구인이건 한국인이건, 누가 죽건 나랑 상관없다고 생각한다.

그러나 이 들끓는 분노는 나를 그냥 두질 않았다.

단순히 아샨타의 언행에만 분노한 게 아니다. 이 세계의 인류 종족들을 세균이라고까지 부르며 철저하게 절멸시키려는 교단이라는 조직. 그리고 그 행위를 그저 일이기에 수행하는, 관리자라 자칭하는 이들 인퀴지터.

나는 이미 저들을 나와 섞일래야 섞일 수 없는 존재라고 마음속 어딘가에서 결론지어 내렸다.

직감인가?

아니다.

이것은 내 의지다.

심장 소리가 들린다. 뜨거운 피가 전신으로 퍼진다. 마력이 들끓어오르고 있다.

나는 정의롭지도 않고 이타적이지도 않다. 도저히 선하다고는 할 수 없는 인간이다. 그렇지만 오히려 그렇기에 일단 한번 끓어오른 분노를 그냥 보아 넘길 수 없다.

아샨타는 절망적인 눈초리로 날 바라보고 있을 뿐이었다. 이대로 있으면 내가 자신을 죽이지 않을 것이라고 믿고 있는 것 같았다.

그런 그에게, 나는 분노를 담아 외쳤다.

"덤벼라, 이 새끼야!!"

"으, 으아아아아!"

그제야 뒤늦게, 아샨타는 날 향해 주먹을 휘둘러 왔다.

[간파]

―[자폭]

주먹질은 페이크. 진짜는 자폭이다.

"똑같은 짓을!"

나는 이번에는 섬전 신속으로 도망치는 대신, 진리대마공의 마력을 오른손에 잔뜩 담아 놈에게 날려주었다.

펑!

"크억! 으아아악!!"

뇌전의 힘으로 바뀐 마력이 놈에게 타격을 준 것은 물론, 뒤로 밀어내어 자폭 범위에 내 몸이 들어가지 않게 만들었다.

쾅!

그럼에도 불구하고 자폭의 위력은 대단해서, 그 여파만으로도 내게 피해를 줄 수 있을 정도였다.

[흡수]

물론 나는 그 여파를 무시할 수 있었지만 말이다. 자폭의 열량 전부를 흡수하는 건 무리였지만, 여파만이라면 거뜬했다.

[방출]

나는 자폭한 후 재생되는 놈에게 흡수했던 자폭의 여파를 던져주었다. 그러나 그 일격으로 재생이 아주 약간 느려졌을 뿐 재생 그 자체를 멈출 순 없었다.

설마 저놈, 정말로 불사신인 건 아니겠지?

"고통, 고통스럽군."

아샨타가 중얼거렸다.

"고통이야말로, 힘이 되지."

그게 무슨 개소리냐고 쏘아붙이려고 했을 때였다.

[간파]

—[변신: 몬스터러우스 어보미네이션]

간파가 이상한 스킬을 감지해 냈다.

"…정말로 이러고 싶지는 않았는데."

초탈한 목소리가 들렸다. 아샨타의 것이었다. 놈의 체적이 점점 불어나고 있었다.

"이런 짓을 계속하다 보면, 언젠간 자아를 잃어버린다고."

목소리는 점점 더 굵어졌다. 이윽고 사람의 목소리조차 아니게 되었다.

"크어어어어어!!"

마지막에 이르러선, 이성마저 잃은 듯 보였다.

"…굉장한데."

찌릿찌릿한 직감의 외침을 들으며, 나는 갑옷 아래 피부에서 식은땀이 흐르는 것을 느꼈다.

아직 [진리활화]의 지속 시간은 1분 넘게 남아 있다. 그럼에도 직감이 내게 위험하다 외치는 것을 보면, 사람의 형태를 잃고 거대한 괴물의 모습이 된 아샨타는 정말 어마어마하게 강하다는 뜻이다.

동체인지 머리통인지 헷갈리는 형체의 몸에 다리는 네 개에 팔 또한 네 개가 달린 그 끔찍한 모습의 괴물은 세계수라고 여겼던 흡혈 나무 군주보다도 컸다. 각각의 팔이 군주의 줄기처럼 보일 정도였으니.

"크아아아아아아!!"

팔다리의 관절부에 달린 입이 혐오스러운 이빨과 혀를 드러내며 한꺼번에 소릴 질러댔다. 몸에 달린 십 수 개의 눈이 번뜩이며 날 노려보고 있다.

"거대한데? 꽤 세 보이잖아!"

나는 등을 타고 흐르는 식은땀을 무시하며 호기롭게 외쳤다.

"큰 놈한텐 큰 걸 먹여줘야지!!"

[3대 삼도수군통제사 대장선 천자총통]의 무기 스킬, [대장군전 사격]. 대형 이상의 적에게 추가 피해를 주는 이 스킬은 내 포격 스킬과 연계된다. 비록 내 포격 스킬은 [마법포 사격]으로 심심한 편이지만, 마력 99+에 달한 내 마력만큼은 믿을 만하다.

"발사!"

콰앙!

마치 대함미사일 같은 마법포가 아샨타, 지금은 몬스터러우스 어보미네이션에게 작렬했다.

"크어어어어억!"

앞다리 하나를 노려 쐈는데, 살짝 자세가 기울어지긴 했지만 다리 겉면에 난 가시를 조금 꺾어놓는 것에 그쳤다.